KB268998

아빠라는 이름으로…

아빠라는 이름으로…
시인 이지윤의 짧은 글―긴 감동

초판 인쇄 | 2008년 7월 20일
초판 발행 | 2008년 7월 25일

지은이 | 이지윤
펴낸이 | 신현운
펴는곳 | 연인M&B
디자인 | 이희정
기 획 | 여인화
등 록 | 2000년 3월 7일 제2-3037호
주 소 | 143-874 서울특별시 광진구 자양동 (680-25호(2층)
전 화 | (02)455-3987 팩스 | (02)3437-5975
홈주소 | www.yeoninmb.co.kr
이메일 | yeonin7@hanmail.net

값 7,000원

ISBN 978-89-6253-003-2 03810

시인 이지윤의 짧은 글─긴 감동

아빠라는 이름으로…

연인 M&B

| 서문 |

이 지상에 아버지 없이 태어난 사람은 없을 것입니다.
아버지를 땅에 묻을 때
한 방울의 눈물도 흘리지 않은 딸도 있다지만…
대부분의 딸들은… 아들들은…
슬픔을 아빠 등에 부비며 살아왔으며,
아버지를 큰 언덕 삼아 부비며 살아가며, 살아갈 것입니다.
엄마의 사랑 못지않게 아빠의 사랑이
한 사람을 온전한 성품의 사람으로 자라게 하는데
얼마나 중요한가… 새삼 얘기할 필요도 없지만
아빠라는 이름으로는 태만하고…
남자라는 이름으로만 성실한 사람은 없을까 해서…
두리번 두리번 합니다.
좋은 아빠가 더 많아질 때…
세상의 딸들은, 아들들은
더 아름답게 꽃필 것이라 믿습니다.
그것도 굳게 믿습니다.

2008년 여름
이지윤

| 차례 |

1. 기름진 밭

꽃샘추위에도 꽃은 핀다 _ 12

신(神)이 보낸 연애편지―봄 _ 14

상백이 엄마의 봄 _ 15

엄마라는 이름으로… _ 18

4월 _ 20

나는 어떤 엄마일까요? _ 22

원장님! 할머니 한 개가 없어졌어요 _ 24

무서운 사람 _ 26

기름진 밭 _ 28

머리 좋은 외톨이보다 성격 좋은 아이로… _ 30

편애와 과보호 _ 32

마술 같은 나날이라면 _ 34

메아리가 살지 않는 산 _ 36

내가 하찮게 느껴질 때는… _ 38

2. 아름다운 사람

최고급 화장품을 써 보세요 _ 42

들장미도 환경이 좋아야 향기롭게 핀다 _ 44

정승나무 _ 46

암 환자가 많다 _ 48

아름다운 여자들 _ 50

꼬마 기차 _ 52

아버지라는 이름으로… _ 54

좋은 품성은 지식보다, 돈보다, 명예보다 값지다 _ 56

흔들리지 않고 피는 꽃이 어디 있으랴 _ 58

아무리 세월이 흘러도 _ 60

테러리스트 패션에 대하여 _ 62

아름다운 사람 _ 64

3. 아빠라는 이름으로…

아빠라는 이름으로… _ 68

가을 편지 _ 70

매일 매일 배우는 사람 _ 72

빨리 흐르는 물이 맑다 _ 74

해마다 생일날이 되면 _ 76

아름답게 나이를 먹는다는 것 _ 78

도시락 편지 _ 80

귀로 먹는 보약 _ 82

낙엽을 태우며 _ 84

이 지상에서 가장 아름다운 영어단어는? _ 86

김치가 금(金)치인 요즘에 _ 87

디지털 정보의 홍수가… _ 88

줄탁동시 _ 89

4. 만병통치약—사랑

매일 매일을 축제처럼 _ 92

먼지를 털어내며 _ 94

꽃 멀미에 대하여 _ 96

자식 농사가 제일이다 _ 98

기다릴 줄 알아야… _ 100

알고 보면 _ 102

말이 씨가 된다 _ 105

아이들이 있기에 _ 108

만병통치약—사랑 _ 110

아! 모성애(母性愛) _ 112

무서운 것들에 대하여 _ 114

노래하는 아이들 _ 121

평생교육시대 _ 122

이런 옛말이 있다 _ 124

아빠라는 이름으로… _ 126

1. 기름진 밭

마음이 기름진 지혜로운 부모 곁에서는
우리 아이들이 쑥 쑥 잘 자라지만,
강팍하고, 이기적이고, 따지기만 좋아하는 부모 곁에서는
잘 자랄 수 없을 것입니다.
난 너를 믿는다! 오늘 어떤 친구와 잘 지냈지?
묻는 엄마여야지.
오늘 뭘 먹었니? 무엇 배웠니?
이렇게 묻는 엄마는 좀……
부모는 기름진 밭이 되어야 합니다.

꽃샘추위에도 꽃은 핀다

2月에는 아이들 졸업시키고,
3月에는 입학 준비에 종종걸음으로 허탈함과 뿌듯함, 설렘.
이런 가슴을 안고 가다가
길가에 핀 노~란 산수유 목련을 보고
아! 벌써 또 봄이 왔구나!
탄식하고 탄성이 흘러 나왔습니다.
한 가지 일에 몰두하다 보면
어쩌다 잊는 것들이 있을 수 있지요.
23년을 아이들 사랑에 세월을 잊었는데……
그토록 계절에 민감하던 사람도 달라지나 봅니다.
아이들이 줄었다! 출산률 저조로 산부인과, 소아과 운영이 어
렵다! 문 닫는 병원이 속출하고 다른 용도로 바뀌는 어린이집,
유치원도 있지만……
예림유치원을 설립한 저는
조금의 흔들림도 없이 유치원 뜨락을 지킵니다.
아이들이 줄었기에 더 소중하고
정성을 다 할 수 있기에 고맙고 감사할 뿐……
올해 교육물가가 최고치로 상승했다고 합니다.
서민생활은 어렵기만 한데……
아이들이 사업대상이 아니고 사랑의 대상이기에
꽃샘추위처럼 경영난이 몰아쳐도
저는 작은 유치원이 아름답다는……

(실제로 100명 정도의 유치원이 이상적이라고 합니다)
신념 아래…… 소신껏 유아교육의 꽃을 피우려 합니다.
제 인생의 봄날은 갔지만……
아이들과 맞이하는 이 봄날은
그 어느 해의 봄보다 행복하고 신이 납니다.
꽃샘추위는 잠시.
그래도 꽃은 우리 가슴에 詩를 쓰며 피고 있습니다.
저는 매화향을 좋아합니다.
눈 내리는 날에도 매화는 고고하게 피니까요.
기품 있는 꽃이기에 더 사랑합니다.
세상에서 가장 아름다운 꽃은 아이들이라고……
인생은 그 누구에게나 십자가가 지워져 있지만
곧고, 바르고, 성실한 사람에게는
매화향기 같은 그윽한 기품을 준다고……

신(神)이 보낸 연애편지―봄

눈 닿는데 마다 꽃이, 새잎이
생활고로 얼었던 가슴을 어루만져 주는 요즘입니다.
버트란드 레셀은 이렇게 얘기했습니다.
"이탈리아 여행, 따뜻한 봄, 그리고 첫사랑은 우울한 사람을
행복하게 만들기에 부족함이 없다."고……
글쎄요?
여행도 그렇고, 첫사랑도 그렇고……
따뜻한 봄은 확실히 우리를 행복하게 해주는 듯합니다.
우표를 붙인 편지를 주고받는 사람은 드물고
휴대폰 문자 메시지, E-mail로
서로의 감정을 간단명료하게 주고받는 디지털 세대!
빨간 우체통만 보면 가슴 설레이고
우체국 창가에서 그리운 사람에게 편지를 쓰는
시인이 있던 아날로그 세대는
이 봄이 신께서 보내준 연애편지라는 생각이 듭니다.
복사꽃, 아기진달래 울긋울긋 피어나는 삼월 하순.
디지털 세대인 예림유치원 학부모님들도
신이, 창조주가 보내주신 연애편지―봄을
꼼꼼이 읽어 보시기 바랍니다.
봄이 가기 전에……
참으로 아름다운 편지랍니다.

상백이 엄마의 봄

봄은 늘 꽃샘추위와 함께 오고,
꽃피고 눈이 오락가락 하고,
봄옷을 꺼내 입었다가 겨울옷을 다시 꺼내 입었다가
하다 보면 4월이 바로 눈앞에 보이고.
어찌어찌 하다 보면 봄날은
또 저만치 할랑할랑 떠나고 있음을 알게 됩니다.
젊은 사람이나 나이 많은 사람이나
봄이 되면 꽃을 보고 싶어 합니다.
어느 날
봄이 오나, 꽃이 피나 기다리며 유치원을 지키고 있는데
상백이 엄마가 웃으며 찾아왔습니다.
졸업을 하고 초등학교에 간 상백이!
이름도 어찌나 멋진지
상백이 상백이 자꾸만 불러보게 됩니다.
그 엄마는 수업료가 두 달치나 밀린 채
유치원을 졸업했노라며
두 달치의 유치원 수업료를 내밀었습니다.
무려 열한 달 치나 안 내고도 인사 한번 없는 부모도 있고
할 도리는 않고 오히려 유치원을
나쁘게 홍보하는 학부모도 있는데
상백이 엄마는 밀린 수업료를 내며
정말 홀가분한 표정으로 앉아 있었습니다.

양심을 속이고 남의 마음을 아프게 하면서도
부끄러운 줄 모르는 사람도 있거늘
그녀는 정말 아름다운 여인이었습니다.
유치원을 23년 운영하면서
참 무서운 사실을 깨닫곤 합니다.
엄마가 바르고 정직하면
아이는 훌륭하게 자라는 것으로 보답하고
엄마가 부도덕하면
아이가 빗나가기 십상이라는 사실.
얼마나 무섭습니까 ?
게 엄마가 자기는 옆으로 걸으면서
아기 게에게는 똑바로 걸으라고 하는
넌센스가 우리 사람들에게도 있습니다.
농작물은 농부의 발자국 소리를 들으며 자란다면
아이들은 엄마의 도덕성과 비옥한 감성을 먹고 자랍니다.
그날 상백이 엄마에게 축복의 손이 다가 왔습니다.
일자리가 없어 생활이 어려웠는데
일자리가 생겼으니 오라는 전화를 제 앞에서 받았습니다.
저도 기뻤습니다.
밀린 수업료 내달라는 독려도 안 했는데
그녀는 빚을 갚듯이 수업료를 내고 취직을 하게 되니
선한 끝은 있다는 말이 맞는가 싶었습니다.

저렴한 수업료를 받으며
명품 유아교육을 지향하는 유치원이라고들 하는데
그래도 유아교육을 받지 못하는 아이들이 없나
주위를 돌아봅니다.
우리 서민들에게도 경제의 봄이 왔으면 좋겠습니다.
그래서 모두 넉넉한 마음으로
여유로운 미소를 머금고 꽃을 보고 싶어집니다.
경제가 어려우면 마음까지 추워지니까요.

힘내세요!
아이들이 있잖아요?

엄마라는 이름으로…

어느 날, 배 한 척이 항해하며 한국으로 오고 있었는데……
오리 한 마리가 허둥대며
주변을 맴도는 모습이 포착됐습니다.
그 모습 옆으로 새끼오리 세 마리가
물살에 떠내려가고 있었고
사람들은 그 오리를 건져 올려 물기를 닦아주고
항해를 계속했답니다.
물론 어미 오리도 그 배를 계속 따라왔지요.
항구에 도착해 그 어미오리에게 새끼오리를 주니
안도하며 함께 어디론가 떠나갔다는 얘기를 듣고
눈물이 핑 돌았습니다.
재혼에 걸림돌이 된다며
아이를 상습적으로 때려 죽게 한 엄마도 있는데……
작은 동물인 오리도 엄마라는 이름으로
죽을힘을 다해 새끼오리를 구하려 했다는 얘기는
우리의 심금을 울리고도 남습니다.

엄마라는 이름으로……
과연 우리는 아이에게 어떤 사랑을 주고 있는가?
뒤돌아보게 됩니다.
모든 것을 대신해 주려는 모성애는
결코 좋은 모성애일 수 없습니다.

물고기 잡는 법을 가르치는 모성애가 으뜸이라고 믿습니다.
언젠가는 홀로 세상 파도를 헤쳐가야 하니까요.

사월입니다.
꽃의 축제에 한번 초대받아 가 보세요.
꽃의 축제는 짧거든요.
우리 인생의 봄날이 짧듯이……
아이들과 한 그루의 나무라도 심어 보세요.
아이들이 자라서 그 나무를 찾아 본다면
얼마나 감회가 깊을런지!
우리도 아이들에게 아낌없이 주는 나무여야겠습니다.

4월

나무 한 그루 심어서……
씨앗 하나 뿌려서……
온 천지에 꽃의 축제가 벌어지고 있는 사월입니다.

우아한 여인네 같은 목련이 등불처럼 피고
어딘가 슬픈 듯한 진달래도 피었습니다.
살아가면서 사람만 보고, 돈만 쫓으며
자식 잘 키워보겠다고 허둥대는 많은 사람들.
과연 그들은 나무 한 그루 심어서 가꾸어 보았을지……
과연 우리는 봄 되면 씨앗 하나 흙에 묻어놓고
싹이 나길 기다려 본 적이 있는지? 돌아봅니다.

늘 조용히 우리에게 위안을 주고, 좋은 공기를 주는 나무들.
그 나무들 앞에서면 경건해져야 함에도
함부로 꺾어 던지지는 않았는지……
내 주변 사람을 위해
내 스스로 큰 나무가 되어 그늘을 주어 쉬게 하고,
열매를 주어 단맛을 느끼게 해주려 했는지……
말의 씨앗을 그 누군가의 가슴에 묻어
그에게 긍정의 힘을 자라게 했는지……
독 묻은 말의 씨앗을 심어
두고두고 괴롭게는 하지 않았는지

돌아보는 사월 첫 주였으면 합니다.

놀고 있는 땅에 나무 한 그루 심어 보세요.
아이들에게 선물로 씨앗 한 봉지 주어 보세요.
새싹 같은 우리 아이들이
사탕보다 더 달콤한 체험을 할 수 있도록.
돈! 돈! 하는 부모보다
철학을 갖고 사는 부모에게서
훌륭한 사람이 자라날 확률이 높아진답니다.

나는 어떤 엄마일까요?

우리나라 엄마들은
크게 네 가지 유형으로 분류할 수 있다고 합니다.
아이의 특성을 잘 파악한 후
그 특성에 맞게 교육하는 현명한 엄마,
아이를 잘 알지만 일 때문에
제대로 신경을 써주지 못해 늘 미안해하는 죄 많은 엄마,
아이에 대해 잘 알지도 못하면서
무작정 열심히 시키기만 하는 막가파 엄마,
아이에게 관심을 두지도 않고 신경도 안 쓰는
엄마 아닌 엄마.

어떤 엄마가 가장 바람직할까?
바로 현명한 엄마입니다.
딸을 보면 엄마를 알 수 있고
엄마를 보면 딸을 알 수 있다는 말이 있습니다.
특히 딸은 엄마를 많이 학습합니다.
오래 전 일입니다.
엄마가 부동산 투기를 하는 아이가 자유놀이 시간에
"프리미엄이 얼마예요?"라며
부동산 투기 놀이를 하더라는 교사의 얘기였습니다.

엄마가 돈, 돈 하면 아이도 돈, 돈

엄마가 명예, 명예 하면 아이도 명예를 좋아합니다.
돈, 명예 싫어하는 사람 없습니다.
그러나 돈에 초점을 맞추고 살다 보면
명예를 잃는 내가 있고
명예를 지키다 보면
돈을 잃을 내가 있답니다.
그리고 소탐대실이라고
작은 것을 탐하다 큰 것을 잃을 때가 있지요.
나는 아이들에게 어떤 엄마인가? 생각해 보시기 바랍니다.
아이는 부모의 거울이니까요.

원장님! 할머니 한 개가 없어졌어요

지난 주부터 시니어클럽에서
베이비시터 교육을 받고 계신
실버 세대들이 우리 원으로 실습을 나오셨습니다.
외국에는 나이 드신 할머니 교사가 많습니다.
우리 아이들도 할머니들을 무척 따르고 좋아합니다.
그 누구나 늙어 가는데……
강아지도 늙은이는 깔보고 힘차게 짖어댄다고 하고,
젊은이들도 늙은 분들을 무시하는 경향이 있습니다.
그러나 우리 아이들은 할머니! 할머니! 하며
잘 따르고 사랑하니 얼마나 대견한지요.
어느 날 오후
교진이라는 잘생긴 남자아이가 울상을 하고 저에게 와서
"할머니 한 개가 없어졌어요."
하고 호소하는 것이었습니다.
그때 그 할머니 한 개라던 분이 나타나시자 교진이는
싱글벙글 웃으며 할머니들 식탁을 차리는 것이 아닙니까?
"잘생긴 남자가 서빙하니 좋네!"
할머니들도 웃으시고 저도 웃었습니다.
나이 들어서도 일자리를 얻으려고
교육을 받으시는 할머니들……
저는 존경의 마음이 우러나오고 저 또한 더 나이 들었을 때
어떻게 살아야 할 것인가를 고민했습니다.

죽는 날까지 아이들과 살다 가는 것!
그것이 가장 큰 행복이라고 믿어지는 봄날입니다.
봄날도 가고 있습니다.
언젠가 한번 활짝 핀 인생을 살아야 하는데……
"연분홍치마가 봄바람에 휘날리더라~"
하는 노래를 흥얼거리시던 어머니……
그리고 이제는 제가 그 노래를 잘 부릅니다.
어머니들도 한번 활짝 피어 보세요.
더 늦기 전에……
꽃이 피면 같이 웃고 꽃이 지면 같이 울던
알뜰한 그 맹세에 봄날은 간다.
봄은 오는 듯하면 가버립니다.

무서운 사람

신문 보기가 무서운 요즘입니다.
어떻게 계획을 세워서 사람을 아무런 죄도 없는 사람을
처형하듯이 죽일 수 있는지
자기의 한을 무고한 사람을 죽이는 것으로 풀려는
생각을 할 수 있는지…… 소름이 돋습니다.
개미 한 마리 죽이기도 힘든 일인데
사람을 죽이면서도 유유히 돌아다닌 살인자
버지니아 공대의 비극은……
이 아름다운 4月을 눈물로 얼룩지게 하고 있습니다.
잔인하도록 아름다운 4月.
죽은 땅에서도 라일락을 피우는 사월.
우리는 사람이 잘못 길러지면
사나운 짐승보다 더 무섭다는 것을 새삼 깨닫게 됩니다.
우리 유치원에서는
어르신과 유아 상호작용 연구를 위해 실버들의
베이비시터 현장실습기관으로 기회를 제공했는데……
수요일 저녁 가장 나이 드신 할머님(68세)의 부군이 오셔서
늙은이들을 데려다 일을 시켰다느니 하면서
갖은 욕설을 다 늘어놓으시더니 가시면서는
또 용서하라고 용서하라고 하시는 일이 있었습니다.
그리고 그 할아버지 자식들도
아버지가 무서워 밖으로만 돌고

할머니도 그 할아버지의 외도와 난폭함 때문에
이제 칠십을 바라보는 나이에
독립해 보려고 베이비시터 교육을 받고 있다는 얘기에
눈물이 흘렀습니다.
한 남자의 횡포에 가슴 졸이는 가족들,
그리고 만만한 유치원에 들락거리며 욕설을 퍼붓는
그 할아버지!
왜 자기를 도와준 사람들에게 상처를 주며
평생을 살아가는지……
그런 사람을 사회에서 그대로 방치해도 되는지……
남자아이를 교육할 때,
여자에게 잘 하라는 교육도 꼭 해야 한다고 생각합니다.

기름진 밭

유치원 뜰 한 켠에 호박씨를 심었습니다.
오며 가며 들여다봅니다.
혹여 싹이 나왔을까?
하루, 이틀, 사흘……
어느 날 드디어 새싹이 흙을 밀어 올리고
쏘~옥 올라왔습니다.
얼마나 신통하던지!
매일 매일 가 보니
쏘옥, 쏘옥, 올라온 새싹들.
그런데 다른 위치에 심은 호박씨는 나오지를 않습니다.
그 흙은 기름진 땅이 아니어서입니다.
흙은 가장 낮은 곳에서 모든 것을 키워냅니다.
곡식도, 꽃도, 나무도……
같은 씨앗을 뿌려도
기름진 밭에서는 싹이 잘 올라오고 잘 자라지만
박토에서는 잘 싹트지도 않고 잘 자라지도 않습니다.
우리 부모도 마찬가지 아닐까요?
마음이 기름진 지혜로운 부모 곁에서는
우리 아이들이 쑥 쑥 잘 자라지만,
강퍅하고, 이기적이고, 따지기만 좋아하는 부모 곁에서는
잘 자랄 수 없을 것입니다.
난 너를 믿는다! 오늘 어떤 친구와 잘 지냈지?

묻는 엄마여야지.
오늘 뭘 먹었니? 무엇 배웠니?
이렇게 묻는 엄마는 좀……
부모는 기름진 밭이 되어야 합니다.

머리 좋은 외톨이보다 성격 좋은 아이로…

버지니아텍의 조승희 사건은
자식을 키우는 부모들의 가슴을 서늘하게 합니다.
머리 좋은 수학 천재…… 말을 거의 하지 않던 아이.
그 아이의 가슴에는
분노로 가득하고, 피해의식으로 넘쳤을 것입니다.
바쁘다고 그저 공부만 잘하면 됐다! 괜찮다! 하며
아이들의 심리상태를 잘 분석하지 못한다면 어찌될까?
가슴이 철렁합니다.
조승희의 어머니는 세탁소 일을 하면서
딸 대학 졸업식 때 단 하루를 쉬었다고 합니다.

우리 모두 바쁜 시대에 살고 있습니다.
그러나 자식 농사만큼 중요한 게 또 있을까요?
23년 유치원을 운영하면서
어떤 이론보다 더 절절하게 다가오는 실제가 있습니다.
"아이들은 부모를 닮는다" 는 것이고,
"어떻게 사랑해 주느냐?" 에
인성 함양이 달려 있다는 것입니다.
공부만 강요하는 학교, 가정에서 자라나는 아이들이
어찌 아름다운 인생을 노래할 수 있을 것인가? 라고
피곤한 눈을 씻어주는 나뭇잎이 우리에게 묻는 듯합니다.
계절의 여왕 오월입니다.

앵두가 익어가고 모란이 피는 오월.

시인 김영랑님의
"모란이 피기까지는……"이라는 시를 선사합니다.
가만히 낭송해 보세요.

편애와 과보호

어떤 원숭이가 새끼 원숭이를 두 마리 두었습니다.
그런데 어미 원숭이는 둘 다 자기가 낳은 원숭이임에도
한 원숭이만 예뻐하여 늘 품에 안고 다녔고
한 마리는 미워하여 그 한 마리는 늘 혼자 다니며
열매를 찾고, 혼자 길을 찾았습니다.
혼자 살아갈 힘을 기른 것이지요.
어느 날 원숭이 나라에 전쟁이 났고
그 어미 원숭이도 적들과 싸워야 했습니다.
편애하는 새끼 원숭이를 품에 꼭 안고 싸워야 했으니
그 새끼 원숭이는 숨이 막혀 죽어버릴 수밖에 없었습니다.
그러나 어미의 사랑을 받지 못하고,
보호받지 못해 혼자 먹이를 찾던
새끼 한 마리는 씩씩하게 살아남을 수 있었습니다.
편애와 과보호가 얼마나
안 좋은 것인가를 말해 주는 이야기입니다.

대부분 자기 닮은 아이를 더 사랑한다던가?
아니면 큰 아이보다 작은 아이를 더 예뻐한다던가?
하는 얘기들이 있는데……
저는 오로지 딸 하나만 키워 봐서 속속들이는 잘 모르지만.
지나친 보호와 사랑도 때로는 살아가는데 독이 될 수 있다는
사실을 제대로 알고는 있습니다.

우리는 편애도 과보호도 아닌
살아갈 힘을 길러주는 가정교육을 시켜야겠습니다.
이웃과 자연을 사랑하는 사람으로……

마술 같은 나날이라면

지난 5월 4일,
마술사 겸 가수인 권혁순 여사를 모시고
마술을 관람했습니다.
한 시간 30분 전에 유치원 현장에 도착해
분장하고, 옷 갈아입고, 준비하는 그분의 모습에서
나이 들어서도 노력하는, 성실한 여인은 아름답다는
사실을 새삼 깨달았습니다.
그날 아이들은 자지러지게 좋아했습니다.
왜냐구요?
빈 가방에서 유순한 눈빛의 비둘기가 날아오르지를 않나!
살아 있는 토끼가 튀어나오지를 않나!
찢어졌던 신문이 다시 멀쩡해지질 않나!
저도 탄성을 냈습니다.
얼마나 오랜 시간 연습을 했을까?
그 여인은 그야말로 존경받을 만한 존재로 비쳤습니다.
그분은 슬픈 노래는 부르지 않는다고 했습니다.
그저 밝고 긍정적인 노래를 노인회관에 가서 불러드리고
아이들에게는 마술로 환상을 심어주고……
우리는 과연 얼마나 노력하고 있는지……
아이들과 마술을 보면서
우리 삶에 환상과 꿈이 없으면 얼마나 지루한가!
마술이 속임수라고 알아버린 나이는

얼마나 쓸쓸한가를 생각하며
우리 아이들과 마술 같은 나날을 보내리라
더욱 마음을 다졌습니다.
그것이 어쩌면
아름답게 사는 비결인지도 모릅니다.

메아리가 살지 않는 산

"메아리가 살게 시리 산에 산에 나무를 심자."
라는 노래를 부르며 자란 50대, 60대의 어른들은
나무를 몇 그루라도 심어 본 기억이 있을 것입니다.
그러나 요즘 아이들은
나무가 울창한 산에 가서 "야호!"
하고 부르면
저쪽 산에서 조금 후에 야호! 라고 대답합니다.
그렇지만 나무가 없는 산에서는 아무리 소리쳐도
메아리가 없습니다. 얼마나 허망한가요?
메아리가 살 수 없어 떠난 것입니다.
사람도 마찬가지 맥락에서 생각할 수 있습니다.
사랑이 가슴에 가득한 사람은
무언가를 주면 감사해 하고 응답이 있습니다.
"참 고마웠어요! 좋았어요!"
그러나 메마른 사람은
무언가를 가득 주어도 반응이 없습니다.
메아리가 없는 사람입니다.
우리는 아이들이 그렇게 삭막한 인간이 되어서
이 세상을 매력 없게 살아가지 않도록
정서가 안정되고,
촉촉한 정서를 지니도록 예술적 소양을 길러주고,
책을 많이 읽고 영화를 많이 보고,

좋은 사람을 만나도록 배려해야겠습니다.
덕분에 좋아요! 덕분에 행복했어요!
학부모님들 덕분에
이 오월이 더 푸르게 느껴집니다.

내가 하찮게 느껴질 때는…

열심히 살았는데……
살고 있는데……
가끔은 뒤돌아보면 아무것도 없고
내가 하찮게 느껴질 때가 있습니다.
남들은 다 잘들 살고 있는데
나는 왜 이렇게 길을 잘못 들었을까?
눈물이 고일 때도 있습니다.
그럴 때 눈이 안 보여서
사랑하는 아이들 얼굴도 볼 수 없는 어떤 여인을 떠올리거나,
걷지 못해 휠체어에 의지하며 사는 사람을 떠올리거나,
팔이 없는데도 발로 운전을 하고
수를 놓고, 노래로 사람들을 감동시킨다는
어느 복음성가 가수도 떠오릅니다.
모든 것이 온전한데도 불구하고 별로 행복하지 않다고
투덜대는 내가 부끄러울 때가 있습니다.
내가 하찮다고 느껴질 때는 눈을 감아 보세요.
내가 하찮다고 느껴질 때는 귀를 막아 보세요.
눈으로 보고, 귀로 듣고……
두 다리로 걸어서 어디론가 갈 수 있는 내가
얼마나 행복한 존재인가를 깨닫게 됩니다.
우리 아이들이 엄마 곁을 떠나
홀로 설까 봐 두려운 엄마도 있다고 합니다.

그러나 참으로 사랑한다면 홀로서기를 가르치고
얼마나 네가 소중한 사람인가를 가르쳐야 할 겁니다.
여러분 모두 사랑받기 위해 태어난 사람입니다.

2. 아름다운 사람

요즘은 쿨한 사람이 아름다운 사람인 듯 느껴집니다.
미주알 고주알 자기 공을 내세우며
콩이니, 팥이니 따지는 사람보다
cool하게 넘어가고 자기 잘못만 인정하는 사람
그런 사람이 아름다운 시대이며, 계절입니다.
고개 숙인 늦여름 해바라기처럼
내 탓이오! 하며 고개 숙인 사람이 드뭅니다.
그래서 더 아름답습니다.
가시 많은 벌레 먹은 장미보다…….

최고급 화장품을 써 보세요

뜰에 있으면
어디선가 그윽한 꽃 향기가 날아오고,
큰 나무에서는 소쩍새도 웁니다.
옛날에 한 며느리가 너무나 배가 고파 죽고 나서
소쩍새가 되었다는 전설이 있습니다.
시어머니가 늘 작은 솥에 밥을 해서
며느리가 먹을 밥은 없었기에 굶어 죽은 그 며느리가
새가 되어 솥이 적다고 소쩍 소쩍 운다는 전설……
오월도 떠나 갈 준비를 하고
한해의 중반인 유월과 교체될 이번 주……

거울을 봅니다.
이제 한때 곱던(··) 모습은 쓸쓸하게 시들고 있어서
얼른 고개를 돌립니다.
유치원 어머니들은
아직 오월처럼 싱그러운 나이이니
화장품도 신경을 써서 고르시겠지요?
저는 별로 화장품을 안 믿는 편인데
요즘엔 얼굴에 은하수(주근깨)가 총총하니
좋은 화장품이 있다면 관심을 갖습니다.
아무리 기능성 화장품을 바르고
일주일에 한 번씩 마사지를 받는다 해도

우울한 얼굴이라면 아름답다 할 수 없겠습니다.
이 세상에서 가장 최고급 화장품은?
미소라고 합니다.
늘 미소 짓는 얼굴……
최고급 화장품을 쓰시는 여성입니다.
최고급 화장품을 써 보세요.

들장미도 환경이 좋아야 향기롭게 핀다

릴케라는 시인은 장미 가시에 찔려 사망했습니다.
장미를 싫어하는 사람은 드문 듯합니다.
장미꽃도 감사! 장미가시도 감사!
찬송가의 일부이지요.
저는 개인적으로 장미는 별로 좋아하지 않습니다.
향기도 있고, 우아하지만 가시가 있기 때문입니다.
사람도 장미 같은 사람이 있고,
백합 같은, 코스모스 같은,
국화 같은 사람이 있습니다.
국화 같은 사람이 그윽합니다.
백합의 향기는 독해서
방 안 가득 꽂아 놓고 문을 닫으면
사람의 생명도 앗아가지만
국화는 서리 내리는 계절에도
고고하게 기품을 드러냅니다.
들장미도 있습니다.
요즘 시골 들길을 걷노라면
하얀 찔레꽃 향기가 어찌나 좋은지요!
찔레꽃은 들장미라 부릅니다.
그런데 시골 시냇가에 가면
쓰레기를 몰래 버리고 가거나 떠내려 온 비닐이
흉측하게 너덜거리고 있는 모습을 보게 됩니다.

5월 31일은 바다의 날이었습니다.

이제는 바다도 온전하지 않습니다.

쓰레기 때문에 바다도 신음하고 있습니다.

엘리뇨(지구온난화현상) 때문에 날씨도 예전 같지 않습니다.

우리가 너무나 많이 쓰고, 버리고 하기 때문입니다.

6월 5일은 환경의 날입니다.

내 것만 깨끗이 하고

집밖의 쓰레기는 그 누구도 줍지 않고 버리는 사람,

줍는 미화원, 두 부류 뿐입니다.

들장미도 환경이 깨끗한 청정구역에서 더 향기롭게 핍니다.

그런데 우리 사람들 특히 아이들은 어떻겠습니까?

아이들을 위해서도

내 마을의 환경을 살펴보는

성숙한 시민이 되어야겠습니다.

정승나무

저는 일하다가 시간이 날 때는
유치원 뜨락을 돌아보며 풀도 뽑고 물도 주고 하면서
제 마음이 잡초도 솎아내곤 합니다.
어느 날 뜰에서 서성이는데
누군가가
부르는 소리가 들렸습니다.
"예림 원장님~!"
"네~?!"
"아니 고상한 예림 원장님이 이 좋은 나무를 이렇게 관리를
못하세요?"
울타리 밖에서 저에게 얘기하시는 거였습니다.
"이게 무슨 나무인지 아세요?"
울타리 밖으로 쳐진
아카시처럼 생긴 나무를 가리키며 물으셨습니다.
"이게 무슨 아카시입니까? 정승나무지~! 어서 인터넷으로 찾
아보세요~"
선생님들에게 부탁해서 인터넷을 검색하니
정승나무라는 것이 나타났습니다.
옛날에는 서민들은 법으로 재배할 수 없게 했다는,
정승만 키울 수 있었다는 정승나무.
회나무라고도 부른다는 나무……
그 귀한 나무가 우리 유치원에

몇 그루나 자라고 있습니다.
어떻게 우리 유치원에 찾아왔는지……
새들이 열매를 따 먹고 응가를 해서 싹이 난 것인지……
아무튼 우리 교육기관에
정승나무가 자라고 있다는 것은 길조라고 합니다.
우리 유치원 출신들이 아마도
훗날 정승 자리에 오르고 이 분야 저 분야에서
두각을 나타낼 인물로 나타날 모양입니다.
그런 생각을 하면서 요즘 흐뭇합니다.

암 환자가 많다

주변에 암에 걸렸다는 사람들이 점점 늘어나고 있습니다.
여성은 갑상선암이 늘어나고 있고,
남성은 대장암이 늘어나고 있다던가요?
아무튼 암이라는 한자어(癌)를 보면 섬짓합니다.
아직은 암을 정복하지 못하고 있는 현실이니까요!
암은 유전적 소인도 있다지만
그 사람의 생활습관, 성격도 큰 영향으로 작용합니다.
의학전문가들의 말에 따르면
스트레스를 잘 받고, 잘 웃지 않는 사람이
암에 잘 걸리는 듯했습니다.
한번 웃으면 꽃이 피듯 향기도 번지는데,
잘 안 웃고 스트레스는 잘 받고……
그런 성격이 암에 잘 걸린다는 것입니다.

♥1분 웃음은 10분 조깅과 맞먹는다♥
♥웃음은 부작용 없는 항암치료제!♥

젊은 여성이 잘 웃지 않는 것을 보면
좀 묘하다는 생각이 듭니다.
저렇게 딱딱한 표정으로 아이들을 키우면, 교육하면……
잘 자랄까? 의구심이 듭니다.
잘 웃고,

매사를 긍정적으로 생각하고,
실천하는 그런 엄마,
인성 교육을 중시하는 엄마……
그런 사람들은 결코
암에 걸리지 않으리라 믿습니다.

아름다운 여자들

우리 유치원 주변에는
폐휴지를 주워다 고물상에 팔아 생활비에 보태는
노인들이 많이 계십니다.
그분들을 뵐 때마다 노년기가 걱정이 되고
모든 것 다 아낌없이 자식에게 주고
그리하고도 자식에게 버림받고
저토록 힘겹게 사시는 것은 아닌가
짐작도 해 봅니다.
어떤 이유가 있는지 모르지만
등이 기역자로 굽으신 노인들의 신산한 모습이
가슴 아플 때가 더러 있습니다.
수요일인가 운전을 하며 출근하는 길이었습니다.
허리가 몹시 굽으신 할머니, 할아버지가
주워 모은 폐휴지를 손수레에 싣고
건널목을 걸어가시는데 워낙 무거워
제대로 끌고 가시지를 못하고, 신호등은 바뀌고……
허둥대는 할머니, 할아버지
저를 어쩌나 속으로 마음 졸이고 있는데
어떤 여자가 뛰어들어 그 할머니, 할아버지를 도와
손수레를 밀고 보도로 나가는 것이었습니다.
어찌나 그 모습이 아름답던지! 눈물이 핑 돌았습니다.
시인의 감상이라고 하겠지만

저는 그 여자만큼 아름다운 여자를 최근에 본 적이 없습니다.
요즘 여성들은
몸매 가꾸기와 얼굴 가꾸기에 가장 신경을 쓴다지만
예쁜 여자는 많아도 아름다운 여자는 드문 현실입니다.
예쁜 것에 너무 집착하다 보면
숭고한 영혼은 도외시할 수 있게 되고
나이 들어 늙었을 때,
그냥 〈예쁜 할머니〉밖에 될 수 없지만 보다 거룩한,
남을 배려하는 아름다운 정신으로 살다 보면
참 〈닮고 싶은 할머니〉가 되리라 믿습니다.
아이들에게도
예쁘다, 밉다, 뚱뚱하다, 말랐다 그런 생김새로
편견을 갖지 말도록 편견 동화를 자주 들려주시고
스스로도 내면의 아름다움을 위해 노력해야겠습니다.
내면의 아름다움은 항상 감동을 데리고 오니까요.
생김새만 얘기하는 여성은 참 꼴불견입니다.
얘기할 것이 부족한 여성이지요.

꼬마 기차

미국의 유명한 동화 중 꼬마 기차라는 것이 있습니다.
산 너머에 사는 어린아이들에게
장난감을 갖다주는 기차가
엔진고장으로 중간에 서게 됩니다.
지나가는 번쩍거리고 멋진 새 기차에게
대신 장난감 운반을 부탁했더니
화물차가 아니라고 거절당하고,
크고 힘 좋은 화물차에게 부탁했더니
가는 길이 다르다고 거절당합니다.
결국은 아주 조그맣고, 보잘것없는
꼬마 기차가 힘겹게 산을 넘어가면서 되풀이하는 말.
"나는 내가 해낼 수 있다고 생각해. I think can!"
이 동화의 메시지는
남을 도와주는 마음과 자신의 능력을 믿는
긍정적 사고 방식이라고 합니다.
"그래! 난 할 수 있어! (Yes, I can)"
이라고 말하지 않고,
"난 할 수 있다고 생각해."
라는 것이 얼마나 멋진 생각인가요!
우리 아이들에게 판단하고,
생각할 수 있는 능력을 강조하는 것이 무조건
"너는 할 수 있어!"

"불가능은 없단다."
라고 가르치는 것보다 한결 현실적이라고 믿습니다.
할 수 있는 것과 할 수 없는 것을 알고
살아가는 것이 아이들에게
바람직하고, 못하는 것을 잘하게 하려고,
세월과 경제적 투자를 하기보다
잘 하는 것을 더욱 잘하게 하는 것이
교육적 측면에서 더 효율적인 것입니다.
7월입니다.
돛단배처럼 밀려온 칠월 한 달……
더욱 건강하게, 예쁘게 보내세요.

아버지라는 이름으로…

살다 보면 가끔은
몸이 말을 걸어올 때가 있습니다.
너무 스트레스를 많이 받고 있으니 주의하라고……
어느 날 병원에 다녀서 길을 걸어가는데
트럭에 참외를 쌓아놓고 파는 아저씨가 눈에 띄었습니다.
그는 계속 운전석에 앉아 있는
아내와 아가를 위해 부채질을 해주고 있었습니다.
얼마나 무더운 날씨였는지!
가만히 있어도 땀이 흐르는 한낮이었는데.
아이와 아내를 위해
연신 부채질을 해주고 있는 젊은 아빠!
나는 그 모습에 감동하여
필요하지도 않은 참외를 한 바구니나 샀습니다.
집에 돌아와 참외를 깎아 먹으니
그 젊은 아버지의 부채질 하는 모습이
참외 위로 아른거렸습니다.
아버지!
아버지라는 이름으로 무책임하고,
권위적인 무서운 아버지도 적지 않지만,
대부분의 아버지는
가시고기처럼 자식을 위해 다 바치고 갑니다.
감동도 잘하고, 눈물도 잘 고이고……

저는 이런 면이 싫을 때도 있지만
아름다움을 발견하는 〈내 마음의 눈〉이
흐뭇할 때도 있답니다.
세상의 많은 아버지들은
아버지라는 이름으로 힘들게 살아갑니다.
기꺼이 아이들을 위해서…….

좋은 품성은 지식보다, 돈보다, 명예보다 값지다

우리 엄마들은 우리 자식들이
지식도 많고, 돈도 많이 벌고, 높은 명예를 지니도록
하기 위하여 안간힘을 다합니다.
그런데 지식인이라 해서,
돈이 많다 해서 높은 명예를 지녔다 해서,
행복한 삶을 사는 것도 아닐 뿐 더러
그러한 사람들 속에 진정 참되고,
아름다운 사람을 발견하기가 쉽지 않기도 합니다.
다른 사람을 돕고,
넓은 마음으로 감싸안는 사람들을 보면
부자도 아닌 경우가 많고
명예를 위해 살아온 분들보다 보통사람들이 많습니다.
많은 엄마들은
"공부를 잘해야 된다!" 면서
공부 잘 하는 아이면 〈기본〉이 안 되어 있어도 넘어가고
공부를 좀 못하면 기본이 되어 있어도
못 넘어가고 구박(?)하는 경우를 봅니다.
그러나 인간성이 좋고 품위가 있고,
기본이 되어 있는 사람이
뒤늦게라도 성공할 확률이 높다는 것을
간과하지 말고 아서야 합니다.
살구, 자두가 단맛을 풍기는 계절……

짧은 미니 방학 동안
공부! 공부! 아이들을 채근하지 마시고
인간이 가르칠 수 없는
인간성 좋은 아이로 키우는 자연이라는 교사를
자주 만나게 해 주시기 바랍니다.

학부모님들도 2주 동안
이곳저곳 종점여행이라도 자주 다녀오세요.

*종점여행 : 차를 타고 갔다가 바로 그 차로 돌아오는 여행.

흔들리지 않고 피는 꽃이 어디 있으랴

"흔들리며 피는 꽃!"
도종환 시인의 시 제목입니다.

흔들리지 않고 피는 꽃이 어디 있으랴
이 세상 그 어떤 아름다운 꽃들도 다 흔들리면서 피었나니
흔들리면서 줄기를 곧게 세웠나니
흔들리지 않고 가는 사람이 어디 있으랴
젖지 않고 피는 꽃이 어디 있으랴

이 세상 그 어떤 빛나는 꽃들도
다 젖으며 피었나니
바람과 비에 젖으며 꽃잎 따뜻하게 피었나니
젖지 않고 가는 삶이 어디 있으랴.

무더운 여름이지만
이제 8일이 입추이고 보면
멀지 않아 해수욕장은 쓸쓸해지고
짧은 옷이 와락 부끄러워지는 가을이 올 것입니다.
경제적인 사정 때문에
여행을 못 가셨던 가족들은
여행이 최고의 수업이라 생각하시고
가까운 곳으로 버스 여행이라도 떠나 보세요.

떠나 보면 내가 있는 자리가
더욱 애틋하게 보일 테니까요.
여행 떠나기가 어려운 분은
흔들리며 피는 꽃을 낭송해 보세요.
시낭송도 스트레스 해소에 무척 좋습니다.

아무리 세월이 흘러도

요즘은 성적순으로 사원을 뽑으면
거의 여성이라는 신문기사를 봤습니다.
〈알파걸〉이라나요?
남성들보다 우월한 여성들……
그들은 이제 남성들을 울리면 울렸지
남자 때문에 울거나 한탄하지 않습니다.
양성평등(兩性平等)을 굳이 내세우지 않아도
이제 자연스럽게 남성, 여성이 평등해져 가고 있습니다.
그러나 아무리 세월이 흘러도
남자는 남자다워야 하고,
여자는 여자다워야 하지 않을까요?
그리고 아무리 디지털 시대라 해도
아날로그세대인 웃어른을 공경하는 미덕이
사라지지 않아야 하는 것 아닌지……
웃어른을 함부로 대하는 사람은
결국 자기도 그런 대우를 받으며
한탄하는 날이 올 것입니다.
우리 아이들만큼은
예의도 모르고, 어른에게 함부로 대들고,
거리에 쓰레기를 함부로 버리고,
쉽게 포기하고, 쉽게 증오심을 내뿜는
그런 사람이 되지 않도록

가정교육, 신앙교육을 시켜야 할 것 같습니다.
아무리 세월이 흘러도
사람은 본디있게 키워져야 합니다.
그것은 유치원이나 학교보다
가정에서 이뤄져야 합니다.
아이를 보면
어머니, 아버지가 어떤 생각으로 살아가는지
다 보인다고 하지요?
아무리 세월이 흘러도
인간성 좋은 사람이 아름답습니다.
아무리 교육기관이 많아도
인성교육은 가정에서부터 시작되어야 합니다.

테러리스트 패션에 대하여

요즘 날씨는 참 적응이 힘듭니다.
말복이 지났는데도 무덥고
해님이 나오다가 국지성 소나기가 퍼붓다가……
늘 우산을 넣어가지고 다녀야 했습니다.
요즘 웃을 일이 많으신가요?
길을 가다가 보면
웃음이 나오는 경우가 있습니다.
산책을 하는지,
조깅을 하는지,
모자를 쓰고 그것도 모자라
눈만 보이는 마스크를 쓰고
거기에 파라솔까지 쓰고 거리를 활보하는 여성들.
"그 여성들은 그렇게도 햇살(자외선)이 무서우면 방 안에만
있거나 밤에만 나오면 될 텐데. 테러리스트 같은 모습으로 활
보하는지 모르겠다." 면서 어떤 아주머니가 웃었습니다.
시인인 제 눈에는 기미, 주근깨가 있어도
성실하고, 진실하면 아름다워 보이고
주름살 하나 없이 팽팽하고 미모를 갖췄어도
사기성이 있고, 게으르면 예뻐 보이지 않더군요..
아직도 남아 있는 무더위!
그 무더위를 통해 과일은 단맛이 들어가고
가을은 더 풍성할 것입니다.

자기 얼굴을 다 가리고 눈만 보이는 패션은
시원하기보다 웃음을 자아낸다고 하네요.
당당하게 햇살 아래 활보하면 안 되는지…….

아름다운 사람

요즘 사람들은 그 누구나 박학다식합니다.
활자로 된 신문, 방송, 인터넷 등을 통하여
의사보다 더 의학정보도 많을 수 있으며
연예인의 사생활도 훤히 알고……
남극에서도 인터넷으로 서로 소식을 주고 받는 세상
이 세상은 결국 하나인 듯합니다.
아직도 저는 인터넷을 못하는 미개인입니다.
E-mail로 주고받는 편지가 아니라 원고지에 쓴 편지를
꼭 우체국에 가서 등기로 보냅니다.
신문도 꼭 ○○일보, ○○일보를 봅니다.
인터넷 신문을 볼 줄 모르니까요.
그래도 불편한 줄을 모릅니다.

가만히 주변을 살펴보면
자기만 잘났고, 자기만 억울하고,
자기만 너무 혹사당한다는 사람이 있습니다.
그런 사람은
자기 눈의 대들보는 보이지 않고
남의 눈의 티끌만 보는 사람입니다.
남이 하면 스캔들이고 자기가 하면 로맨스라는 사람,
늘 불평불만이 가득합니다.
다 남의 탓입니다.

그런 사람은 추합니다.
툭하면 남을 고소하고, 인터넷에 올리고
그러면서 혼자 쾌감을 느끼는 정상이 아닌 사람……
엽기적으로 무섭습니다.
직장에서도
자기가 찾아야 할 것은 다 찾아야 하고
해야 할 일은 등한히 하면서도
남의 핑계를 대는 사람이 있습니다.
내가 출세를 못한 것은
아내(남편) 탓이고, 직장 상사 탓이고, 동료 탓이고……
아직도 덥습니다. 그러나
한 줄기 바람은 가을을 느끼게 합니다.
요즘은 쿨한 사람이 아름다운 사람인 듯 느껴집니다.
미주알 고주알 자기 공을 내세우며
콩이니, 팥이니 따지는 사람보다
cool하게 넘어가고 자기 잘못만 인정하는 사람
그런 사람이 아름다운 시대이며, 계절입니다.
고개 숙인 늦여름 해바라기처럼
내 탓이오! 하며 고개 숙인 사람이 드뭅니다.
그래서 더 아름답습니다.
가시 많은 벌레 먹은 장미보다…….

3. 아빠라는 이름으로…

우리가 클 때는
두렵기만 한 존재가 아버지였는데
지금은 오히려 엄마가 엄격하고 아빠는 자애롭기만 하니……
세월이 많이 흘렀고, 시대가 많이 변했습니다.
아버지라는 이름으로
모든 것을 자식에게 주고 간 〈가시고기〉 같은 아빠들……
자식을 사랑한다면
품위 있게, 예의 바르게,
끈기 있는 사람으로 키워야 할 것입니다.

아빠라는 이름으로…

아이들이 태어나 제일 먼저 하는 말은
엄마, 맘마, 아빠…… 이런 순인 듯합니다.
아빠가 일터에서 돌아오면
아이들은 기어서라도 아빠에게 다가가 안깁니다.
아빠라고 해서 다 훌륭한 것은 아니고,
엄마라고 해서 다 거룩한 존재는 아닙니다.
자기 역할을 제대로 하지 않거나 못하면
남보다 나은 것이 없는 존재이지요.
자식이 사랑스럽다 해서 다 받아주고
버릇없이 굴어도 웃기만 하는 아빠.
그런 아빠 슬하에서 자라는 아이가
예의 바르고, 자기 감정을 잘 통제하고 조절할 수 없습니다.
만 3세 이상이 되면
되는 것과 안 되는 것을 정해
좀 마음 아파도 엄격하게 교육을 시켜야
제대로 된 인성을 지니게 될 것입니다.
우리가 클 때는
두렵기만 한 존재가 아버지였는데
지금은 오히려 엄마가 엄격하고 아빠는 자애롭기만 하니……
세월이 많이 흘렀고, 시대가 많이 변했습니다.
아버지라는 이름으로
모든 것을 자식에게 주고 간 〈가시고기〉 같은 아빠들……

자식을 사랑한다면
품위 있게, 예의 바르게,
끈기 있는 사람으로 키워야 할 것입니다.
떼쓰고, 울고, 기다릴 줄 모르는 이기적인 사람으로 키워지면
그들이 세상 살기가 더 힘들어진다는 사실을
구월이 오는 소리를 들으며 되새겨야겠습니다.
여름 내내 창을 열어놓고 살았는데
이제는 무더웠던 여름은 추억으로 담아두고
추석이 들어 있는 구월을
가장 아름답게 엮어가야 할 것입니다.

가을 편지

가을엔 편지를 하겠어요.
누구라도 그대가 되어 받아주세요.
낙엽이 쌓이는 날 외로운 여자가 아름다워요.

시인 고은님의 "가을 편지"라는 시가
새롭게 다가오는 가을이 점점 짙어져 갑니다.
왜 요즘 사람들은
E- mail로만 편지를 주고받는지,
왜 휴대폰으로만 사랑과 우정을 주고받는지
아나로그 세대인 저는 의문입니다.
편지를 써서 우표를 붙이고 우체통에 넣는 낭만!
그런 낭만이 더 멋스럽고, 여운이 남지 않을런지……
이번 주 칼럼은
유치환님의 "행복"이라는 시를 선물로 드립니다.

사랑하는 것은 사랑을 받느니보다 행복하나니라
오늘도 나는 에메랄드빛 하늘이 환히 내다뵈는 우체국 창문
앞에 와서
너에게 편지를 쓴다
행길을 향한 문으로 숱한 사람들이
제각기 한 가지씩 생각에 족한 얼굴로 와선 총총히 우표를 사
고 전보지를 받고

　먼 고향으로 또는 그리운 사람께로 슬프고 즐겁고 다정한 사
연들을 보내나니
　세상의 고달픈 바람결에 시달리고 나부끼어
　더욱더 의지 삼고 피어 헝클어진 인정의 꽃밭에서
　너와 나의 애틋한 연분도 한 망울 연연한 진홍빛 양귀비꽃인
지도 모른다
　사랑하는 것은 사랑을 받느니보다 행복하나니라
　오늘도 나는 너에게 편지를 쓰나니
　그리운 이여, 그러면 안녕
　설령 이것이 이 세상 마지막 인사가 될지라도
　사랑하였으므로 나는 진정 행복하였네라.

詩처럼 아름다운 구월이 되시기 바랍니다.
바람이 오물을 스치고 지나가면 악취가 나지만
꽃을 스치고 지나가면 향기가 납니다.
사는 게 힘들지만 향기 나는 인격은 지닐 수 있습니다.
그렇지 않나요?

매일 매일 배우는 사람
―성공으로 가는 사람*

23년째 유치원 뜨락에서
아이들과 꽃과 새와 시간을 엮어가고 있습니다.
아이들은 이 지상에서 가장 아름다운 꽃이고
새처럼 자유로운 영혼의 사람입니다.
아이들은 하얀 도화지처럼 순결하고, 순수하며
사랑할만한 가치가 있는 대상입니다.
그들과 더불어 살아가는 교사 또한
제2의 어머니이며 제2의 꽃입니다.
교사들이 오래 전에는
6, 7년 근속자가 많았지만 지금은
2, 3년 근속이 고작입니다.
요즘 여성들은 새로운 환경에 도전하기를 즐겨하고
한 곳에 오래 머무는 것을 정체라고 여기는 모양입니다.
여기서 이것을 배우고 저기서 저것을 배우고……
그러나 진정 그들은 배우는 것도 별로 없이
철새처럼 떠도는 듯합니다.
그런데 K선생님을 보면
늘 웃는 얼굴이고 늘 긍정적인 사고 방식을 갖고 있습니다.
무슨 일을 하면서도 "힘드시지요?"라고 물으면
"이것을 배우는 걸요~" 배운다고 말합니다.
늘 배우는 그 선생님은
그 누구보다 아름다운 마음씨를 지닌 사람입니다.

얼굴이 예쁘고 늘 한탄, 불평하는 사람은
어느 순간부터 보기가 역겨워집니다.
그러나 늘 겸손하게 배운다는 사람은
잔잔한 감동을 가슴에 따스한 느낌으로 가져다줍니다.
아무리 외모지상주의가 팽배해 있다 하더라도
아무리 시대가 변하더라도……
마음씨 좋은 여자의 아름다움은 변치 않으리라 믿습니다.
매일 매일 배우는 사람은 성공으로 가는 사람입니다.
추석이 다가오고 있습니다.
마음씨 고운 고향 사람들을 만나러 가는
귀성전쟁이 또 일어나겠지요?
보름달 같은 둥근 마음을 지니고
어우렁 더우렁 정겹게 추석을 맞고 보내시기 바랍니다.
시어머니께 배우고, 시어머니는 며느리에게 배우고……
그래도 되는 것 아닌가요?

빨리 흐르는 물이 맑다

긴— 추석 연휴를 보내고 보니
이제 일 년 중 가장 아름답다는 시월입니다.
시월은 사색의 눈빛으로 산과 들을 바라보게 하고
문득 잊고 살던 그리운 친구와 지난날을 떠올리게 합니다.
여인 중에도 시월 같은 여자가
제일 아름답지 않을까 생각합니다.
인생의 쓴맛, 단맛, 신맛, 떫은맛 다 맛 본 사람.
이제는 헛된 꿈을 꾸지 않고 고즈넉한 눈빛으로
거울 앞에 와 선 누이 같은 사람.
그런데 아름다움을 타고 나는 것보다
그 사람의 삶이 어떤 속도로 가고
어떤 색깔로 채색되느냐에
아름다운 사람으로,
썰렁한 사람으로 판가름 나는 것 같습니다.
느림의 미학이 대두되고 있어
유럽엔 Slow city도 생기고 있다고 합니다.
그러나 어떤 일을 맡겼을 때
매일 매일 미루기만 하고 제대로 못하는 사람은
〈능력의 문제〉로 봐야 할 것입니다.
빨리, 빨리, 서두르는 것만이 최선은 아니지만
그래도 기본은 잃지 않되 빨리 신속하게 처리하는 사람이
주부로서나 직장인으로서 우수하다고 할 수 있는 시대에

지금 우리는 와 있지 않을까요?
물도 고여 있는 물은 썩습니다.
천천히 흐르는 물에는 이끼가 끼어 미끌거립니다.
이제 오랜 연휴를 끝내고 돌아와
우리는 다시 맑은 물이 되기 위하여
신속하고도 절도 있게 살아야겠습니다.

해마다 생일날이 되면

85년 10월 9일 유치원을 개원하던 날.
유난히도 국화향기가 그윽했고
공군 군악대가 와서 연주를 해주었으며
저는 노란 국화색 한복을 입고
유치원의 탄생을 기뻐하고 있었습니다.
아이들이 너무나 좋아서 아이들만 보면
그대로 못 지나가는 성향이 있었기에
저는 아나운서 생활을 끝내고 유치원을 설립하고
23년째 생일을 맞이합니다.

사람도 생일날이 되면
누군가 축하해 주길 바라는 것처럼
유아교육기관도 축하를 바라는 듯 보입니다.
23년이라는 긴~ 세월을
유아들과 살아온 저는
스물세 번째 생일을 맞는
내 자식 같은 유치원을 바라봅니다.
힘든 일도 있었지만
그래도 아이들에게 바람직한 교육을 시키고저
노력한 세월이었기에 아이들 목소리가 들려오고,
새들이 찾아와 노래하는
봄, 여름, 가을, 겨울이었기에 행복했습니다.

한결같은 철학과 소신으로
유치원을 가꿔온 저에게
격려의 말을 〈선물〉로 주신 여러분께 감사드리며
더욱 무르익고, 겸손한 인품으로
유치원을 가꾸는 아름다운 가드너.
정원사가 되리라 다짐합니다.

아름답게 나이를 먹는다는 것

어느새 시월도 반이 지나가고 있습니다.
인쇄소에서는 새 달력을 찍고 있고
새해를 준비하는 곳이 월간 잡지사 등 적지 않다고 합니다.
아니 벌써!
시월은 그 어느 달보다 아름다운 달이기에
더 빠른 속도로 지나는 느낌이 듭니다.
대체로 사람들은
나이를 먹는다는 것을 싫어하는 경향이 있습니다.
나이가 든다는 것의 그 여유와 쓸쓸함보다는
늙는다는 것이 두려운 것일까요?
여자들 뿐만 아니라 남자들도 피부관리를 하며
나이의 흔적을 지우고 있다는 요즘 세태……
저도 때때로 내 나이가
나와 무관한 숫자로 보일 때가 있습니다.
20대에는 30대에 어찌 사나?
30대에는 40대 여성들은 무슨 재미로 살까?
40대에는 50대는 어떻게 살까?
50대에는 60대에는 얼마나 쓸쓸할까?
그렇게 다음 세대를 안쓰러워합니다.
그러나 나이 드는 것도 미덕(美德)입니다.
넓게 볼 수 있고, 조금은 너그러워지고……
하지만 아름답게 나이를 먹기는 쉽지 않습니다.

나이에 맞는 여유로움, 기품,
그것이 아무에게나 주어지는 선물은 아닌 듯합니다.
너무나 빡빡하고,
기싸움에서 꼭 이기려 들고,
융통성이 없는 여성의 미모는
3류잡지의 표지와 같다는 사실을 알고
부지런히 교양을 높이고, 마음공부를 하고, 문화를 향유해서
"저 남자 참 멋지게 늙었네!"
"저 여자 참 아름답게 나이 드셨네!"
라는 찬사를 들어야겠습니다.
문화의 달 시월도 중간에 서 있습니다.
부지런히 문화의 향기를 받아들이세요.
나비나 벌이 꽃에서 꿀을 따듯이 말입니다.

도시락 편지

속이 상하면, 요즘은 그리우면,
그때 그때 문자 메시지를 보내거나 E- mail로
자기 감정을 실어 보냅니다.
바로 바로이지 감정을 삭히고 삭혀서
편지에 쓰는 사람은 거의 없는 듯합니다.
시골 할머니, 할아버지도 인터넷에 빠져 계시니까요.
저는 편지로 아이를 교육했다고 해도 지나치지는 않습니다.
도시락을 싸면서 꼭 편지에 하고 싶은 말들을……
그 누구보다 너를 사랑한다는 고백도……
아마도 그 아이에게 쓴 편지를 책으로 묶는다면
〈딸에게 보내는 편지〉 한 권은 넘을 것 같습니다.
조양희라는 스튜어디스 출신의 수필가도
도시락 편지라는책을 내놓았습니다.
말은 생각을 충분히 전달할 수 없는 생각의 옷이고
글은 거의 전달 가능한 수단입니다.
아이들에게 편지를 많이 써 보세요!
효과가 좋습니다. 그리고

가을엔 편지를 하겠어요
누구라도 그대가 되어 받아주세요
낙엽이 흩어진 날
외로운 여자가 아름다워요

고은 시인의 "가을 편지"가 입으로 흥얼거려지는
아름다운 가을입니다. 선생님들에게도……
그 누구에게도
전화보다 편지로 요구하시고, 부탁하시면
한결 빠르게, 한결 성의 있게 요구가 관철될 것입니다.
편지! 말없이 건네주고 달아나던 사람이
그리워지는 가을입니다.

귀로 먹는 보약

나이 많은 어르신들은
봄에서 여름으로 여름에서 가을로 가을에서 겨울로
계절이 바뀔 때 힘겨워들 하십니다.
보약이라도 먹어야 하나?
밥이 보약이라고 하지만 그래도 나이 많으셔서
오랜 세월 세월에 부대끼고,
자녀들에게 시달린 부모님들께
보약 몇 첩(한 제?) 지어드리고 싶은 자녀들이
많으리라 생각합니다.
낙엽은 스산하게 바람 따라 날리고
월동준비에 마음 심란한 요즘,
저는 귀로 먹는 보약도 있다는 것을 알려드리고 싶습니다.
저도 계절이 바뀔 때마다
한 차례씩 앓는 사람이라 보약 생각이 날 때도 있습니다.
그러나 한의원에서 짓는 보약이 아니라
귀로 먹는 보약이 더 힘이 나더라는 얘기,
오늘은 하고 싶습니다.
계절로 치면 인생의 10월 하순 또는 11월에 와 있는 저는
가을만 되면 내 계절이 왔구나 하며 행복해 하는데
사실 기운이 좀 부족해지는 게 사실입니다.
어느 날 xx이 어머니가
"나도 나이 들어 원장님처럼 되고 싶어요."

하는 말을 듣고 얼마나 기쁘던지!
"왜 그렇게 늙으셨어요?"
"왜 그렇게 관리를 소홀히 하셨어요?"
하던 어떤 여인들의 말을 듣고
온종일 우울하던 경우와는 너무나 다르게
"아! 그래. 아직 나는 괜찮아. 엘레강스하다잖아? 고고한 백
합 같다고 어느 권사님이 얘기했잖아."
하면서 생기가 돌기 시작했습니다. ∩□∩
나이든 여자에게 뿐만 아니라
아이들에게도 귀로 보약을 먹이세요!
(칭찬은 고래도 춤추게 한다.)
날씨도 추운데 서로 서로 따뜻한 보약을 귀로 먹여주면
이 겨울도 행복하고 따스하지 않을런지……

낙엽을 태우며

낙엽 타는 냄새 같이 좋은 것이 있을까?
갓 볶아낸 커피의 냄새가 난다.
잘 익은 개암 냄새가 난다.
갈퀴를 손에 들고는 어느 때까지든지 연기 속에 우뚝 서서,
타서 흩어지는 낙엽의 산더미를 바라보며
향기로운 냄새를 맡고 있노라면
별안간 맹렬한 생활의 의욕을 느끼게 된다.
연기는 몸에 배서 어느 결엔지
옷자락과 손등에서도 냄새가 나게 된다.
나는 그 냄새를 한없이 사랑하면서
즐거운 생활감에 잠겨서는 새삼스럽게
생활의 제목을 진귀한 것으로 머릿속에 떠올린다.

이효석님의 수필 "낙엽을 태우며" 중에서 일부입니다.
나무는 한때 무성했던 나뭇잎을 뚝뚝 떨구며
겨울을 준비합니다.
아이들과 낙엽이 카펫처럼 깔린 곳에서
낙엽으로 샤워도 하면서 즐거운 시간을 보냈습니다.
월요일에는 월요신드롬(아이들이 이틀 쉬었다가 오므로 해서
약간 산만한 증상)이 있기에,
　유치원 뜰에 있는 부뚜막에서
　낙엽을 태우며 낙엽 타는 냄새도 맡아 보고

불이 얼마나 고맙고 그리고 무서운 것인가 하는
낭만적 수업과 실용적 수업을 함께 하겠습니다.

큰 나뭇잎을 주워서 낙엽 편지라도 써 볼까요?
사랑한다!고……

학부모님들~ 사랑합니다!

이 지상에서 가장 아름다운 영어단어는?

영어만 잘한다면! 영어를 가르치기 위하여
학부모들은 상당한 경제적 지출과 시간을 바칩니다.
비영어권 국가 4만 명을 대상으로
가장 아름다운 영어단어를 설문으로 조사했다고 합니다.
1위는 Mother
2위는 passion
3위는 smile, love
아버지는 70위 안에도 못 들었다고 하는군요.
가장 아름다운 단어로 채택된 어머니라는 단어!
우리는 그 단어에 걸맞게
좋은 어머니로 살고 있는가 돌아봅니다.
어머니라고 소리 내어 불러 보는 순간
기도가 되는 어머니!
내 인생이 더 소중하다며
아이들을 밀어내는 어머니가 있다면
그 여성은 언젠가 통탄하게 될 것입니다.
아이들이 부모로 인하여
정신적 상처를 입지 않도록 최선을 다하고 또 하는
어머니가 아름다운 것입니다.
나를 통하여 이 세상에 온 하나님의 선물!
아이들을 어떻게 사랑하고 있는지
이 깊은 가을에 다시 한번 돌아보시기 바랍니다.

김치가 금(金)치인 요즘에

요즘엔 식탁에 오르는
먹거리, 의복, 공산품 등 온통 중국산입니다.
싸다고 목도리도 사서 목에 두르고
운동화도 신고 하지만
먹는 김치는 중국산을 믿을 수 없어서
논산시 양촌면에서 배추 110포기를 사고
시골 목사부부가 절여서 트럭으로 수송.
유치원 아이들이 먹을 김치를 담궜습니다. 온종일!
별재료야 안들어 갔지만
우선 배추가 유기농이라 달고
모든 재료를 국산으로 버무리니
무척 안심이 되고 맛도 있습니다.
포기당 만원꼴인 김치!
김치가 금치! 라는 말이 실감납니다.
김치가 영양면에서 훌륭한 발효식품이기에
식탁에서 빼놓을 수 없는 귀한 식품인데요.
아이들에게 안심하고 먹일 수 있는 김치를 담궈
김치 냉장고에 넣어 두고 나니
가슴이 따스해지는 느낌입니다.
집에서도 입히는 옷은 싼 것을 입히더라도
먹는 것은 가능하면 유기농으로 먹여주시면 좋겠습니다.
체력이 좋아야 두뇌활동도 잘할 수 있으니까요.

디지털 정보의 홍수가…

나는 컴퓨터를 거의 하지 않지만
휴대전화 셀폰은 매일 갖고 다니지 않으면 불안합니다.
미국의 매기잭슨이라는 여성은
디지털 정보의 부작용에 대해 연구해 왔다고 합니다.
그녀는 『주의력 분산』이라는 책을 냈습니다. 디지털 정보의
과부하가 〈주의력의 힘〉을 장식한다는 것입니다.
상식적으로 주의력 산만에 시달리는 근로자들은 스트레스와
압박을 더 받아 생산성이 떨어질 수밖에 없다고 하며 창조적이
고, 혁신적인 업무를 할 수 없다는 연구결과가 나왔습니다.
천천히 살아가는 방법과 정적의 의미를 마음에 새겨야 한다
는 매기잭슨의 말이 가슴에 와 닿는 요즘입니다.
불필요한 e메일, 인스턴트 메시지, 팩스 등도
계속 받으며 사는 이 시대에 〈관계〉의 깊이도 얕아지고,
상대방의 말도 건성으로 듣고……
아이들에게는 집중하는 법을 가르쳐야 합니다.
건성건성 듣고, 행하고……
주의력이 산만하면 학습능력도 물론 떨어집니다.
천천히 사는 방법을 유치원에서부터 가르쳐야 하는데……

줄탁동시

닭이 알을 깔 때 껍질 속에서 병아리 우는 소리를 듣고
어미 닭이 쪼아 깨뜨리는 것을 의미하는 용어입니다.
즉, 이 두 가지 일이 동시에 행하여져야 한다는 뜻으로
놓쳐서는 안 될 좋은 기회에 비유합니다.
아이의 배우고자 하는 욕구는 왕성한데도
엄마가 그 기회를 박탈할 때 아이는 성장에 문제가 생깁니다.
제때제때 나이에 맞는 발달이 이루어져야 함에도
바쁘다는 핑계로 슬프다는 이유로
아이와 눈도 마주치지 않고
아이가 자라면 유사 자폐증세를 보이기도 합니다.
발달에 장애가 옵니다.
무슨 아이든 상대의 소리에 귀 기울여 듣고
제때에 행위가 교육으로 이루어져야
원만한 성품의 사람으로 자라고
좋은 관계를 형성할 수 있는 사람으로 클 수 있습니다.
선가(禪家)에서는 '줄탁동시'를
대화가 잘 이루어지는 것을 뜻한다고 하는데……
엇박자를 놓는 사람은 어딜 가나
치워야 하는 헌 가구, 못 쓰는 기계 같습니다.
그런 사람이 의외로 많음은
줄탁동시가 이루어지지 않았음에도
원인이 있습니다.

4. 만병통치약—사랑

서로 서로 사랑하며 살아야 하는
인간사회에서 사랑은 만병통치약입니다.
"여보! 사랑해요. 당신이 곁에 있어 행복해요!"
"○○아! 네가 있어 엄마는 정말 행복하단다."
"너는 꼭 훌륭한 사람이 될거야~"
이런 말을 자주 들려주시고
이웃사람에게도, 유치원 선생님에게도 그 누구에게도
고마워요!라는 말을 많이 하면
좋은 일이 더 자주 생기리라 믿습니다.
비난보다 칭찬으로 키운 자녀가
꼭 필요한 사람이 되리라 믿으시지요?
많고 많은 약이 있지만
그 중에 제일은 만병통치약 〈사랑〉입니다.

매일 매일을 축제처럼

아직은 겨울이 남아 있는 듯 봄이 머뭇거리는 듯한
날씨를 보이고 있지만 들녘에 나가 보면
쑥이며, 냉이, 달래가 돋아나오고 있습니다.
물론 가게에 가면 지천으로 널려 있는 봄 나물이지만
들에서 캔 나물이 진짜 나물 같습니다.
아이들 졸업을 시키고(2월 23일)
새로운 아이들을 맞이하면서
참 매일매일 축제 같다는 생각을 합니다.
물론 힘들어 주저앉고 싶을 때도 있었지만
그리고 앞으로도 있겠지만 아이들과 생활하는 매일 매일이
봄꽃 축제 같다는 생각이 듭니다.
올망졸망 귀여운 아이들,
하나님이 주신 선물,
저에게는 보물 같은 아이들입니다.
이 아이들을 유리알 다루듯 하면서
그네들의 마음 밭에 좋은 씨앗을 뿌리고저 노력하면서,
그들이 나오려고 할 때 부리로 껍질을 쪼아주는 어미닭처럼
유아 교육이라는 가장 중대한 교육의 현장에서
그래도 덜 부끄러운 교육자, 운영자가 되도록
노력하겠습니다.
이제 아이들과
노란 꽃도 심고, 꽃씨도 뿌리며

매일 매일을 축제처럼 보내겠습니다.
매일 매일을 축제처럼 보내시기 바랍니다.
매일 매일을 축제처럼 살아 보세요.
물론 경제는 어렵지만 마음만은 풍성하게요. ·ㅁ·

먼지를 털어내며

몇 식구가 옹기종기 모여 사는 집도
하루만 청소하지 않으면
창틀에나 구석에 먼지들이 모여 있습니다.
겨우내 쌓인 먼지를 털어내며
우리 마음에 쌓여 있던 먼지는 없나 돌아봅니다.
사소한 일로 분노를 표출하며
그 누군가를 미워한 적은 없는지?
살다 보면
왜 저 사람은 저토록 좋은 기회를 놓치고 있을까
안타까울 때가 있습니다.
삶이란 어쩌면 Chance(기회)와 Choice(선택)로 짜여지는
직물 같은 것일 수도 있겠습니다.
하루에도 몇 번씩
우리는 기회를 놓치고
선택을 미루고 합니다.
그런데 저 역시도 몇 번인가 좋은 기회를 놓치고,
선택을 잘 못하고 했지만 후회해도 늦었지요.
좋은 기회가 와서 있어도 그것을
나쁜 기회로 뒤집어 전복시키는 사람을 보며
〈복(福) 터는 사람〉이라고 혀를 끌끌 찹니다.
참~ 왜 저럴까?
우리는 사소한 것 때문에

내게 온 복을 털어내는
어리석은 복 터는 사람이 되지 말아야겠습니다.
겨우내 쌓인 먼지를 털어내며
최소한 내게 온 복을 털지는 말아야겠다고 다짐합니다.

꽃 멀미에 대하여

어느새 산수유를 시작으로
수선화, 개나리, 목련이 배시시 눈을 뜨고
한껏 자기의 색깔과 향기를 드러내고 있습니다.
저는 꽃보다는 잎을 좋아하는데……
왜냐하면 꽃이 이곳 저곳에서 피어날 때면 멀미를 합니다.
어서 꽃이 지고,
잎이 나라고 기다리지요.
요즘은 신문, TV보기가 끔찍해서……
어쩌면 사람이 그리도 야수 같을까?
교육의 한계를 생각합니다.
〈선천〉과 〈후천〉을 생각합니다.
타고난 성격과 교육의 힘, 환경으로 달라지는 성격.
과연 교육의 힘으로 사람을 착하고,
경우 바르게 돌맹이 하나도 사랑할 수 있게
변화시킬 수 있을까.
일생 중 가장 중요한 유아기의 교육을 맡고 있는 책임자로서
막막하기도 하고 막중한 책임을
새삼 느끼고 있습니다.
사람을 너무나 사랑하는 저였는데……
이제는 사람이 두려운 존재일 수도 있다는
생각이 한 편으로 듭니다.
유치원에서도 아이들에게 위험에 처했을 때

어떻게 할 것인가, 대응능력을 키워주고
지혜로운 사람으로 교육하겠습니다.
꽃의 축제가 서서히 시작되고 있습니다.
저는 꽃 멀미를 견디며 아이들을 더 사랑해야겠습니다.

자식 농사가 제일이다

요즘 들에 나가면
농사 준비를 하는 농부들의 모습이
한 폭의 그림처럼 눈에 들어옵니다.
흙을 일구면서 흙과 대화하는
농부들의 모습은 성스럽기까지 합니다.
그분들의 땀과 수고로움이 우리의 먹거리가 되니까요.
우리나라의 곡물 자급률이 꼴찌라는 보도가 있습니다.
거의 모두 중국산이 활개를 치는 이때
한 톨의 곡식이라도 아낄 줄 아는 아이들로
키워져야겠다는 생각을 합니다.
우리나라의 음식물 쓰레기는 어마 어마하지요?
한 인간을 놓고 볼 때.
유년기에 어떤 가정교육 받고 자랐는가가
참으로 중요한다는 것을 어른들을 보면서
절실히 깨닫곤 합니다.
가정교육은 무릎학교로부터 시작됩니다.
아이를 무릎에 앉혀놓고 가르치는 교육!
그 교육이 유치원에서의 교육보다 우선 되어야 합니다.
어른을 보면 공손하게 인사를 해라.
잘못했으면 잘못했다고 사과해라.
은혜를 입었으면 정말 감사하다고 은혜를 돌에 새겨라.
원한은 물에 새겨라.

다투지 마라.
아껴서라. 등등……
우리는 아이들의 마음밭에
좋은 정신적 씨앗을 뿌려서
아이들이 자라서도 언제 어디서나 돋보이고,
아이가 몸 담는 곳이 발전하는
그런 축복의 사람으로 키워야겠습니다.
지식이 많은 못된 사람보다
지혜로운 된 사람으로 키워야겠습니다.
자식 농사가 제일입니다.
못된 사람은 아무 쓸모없는 잡목과 같으며
사회의 암적인 존재임을 잊지 말아야겠습니다.

기다릴 줄 알아야…

외국에 가면
우리나라 관광객이 많이 몰리는 나라에서는
"빨리, 빨리!"라는 말을 가게 등에서 합니다.
그곳에선 웃습니다.
한국 사람은 빨리, 빨리 해야 된다는 것을
그들이 알기 때문입니다.
식당에 들어가도 "여기 빨리줘요~" 소리치고
그 어떤 일도 속성으로 해치워야 합니다.
"천천히 하되 제대로!"가 아니라
그저 대충하더라도 빨리 성과를 내는 것이 좋다면
그 성과는 모래 위의 집처럼 허물어집니다.
예전에는 밥도 뜸을 들이는 시간이 있었지만
요즘 밥솥은 뜸들일 시간도 없이 밥을 해냅니다.
느림의 美學(미학)을 강조할 수는 없지만
천천히 가도 제대로 가는
거북이가 토끼보다 여러모로 바람직하다고 생각한다면
아날로그적 생각이라고 할런지……
우리 아이들이 적응훈련기간이 지나고
이제는 원외로 나가도 되겠기에
여러 가지 체험을 시켜 살아갈 힘, 지혜를 길러주고자 합니다
공연도 자주 보여주고, 성교욱, 소방훈련 등 단원에 맞춰
제대로 할 터이니 조바심 내지 말아주시길 바랍니다.

그리고 유치원에서 모든 것을 다 해결시킬 수는 없습니다.
가정교육부터 철저하게 시켜주시면서
(식생활, 예의범절, 도덕 교육 등)
유치원 교육과 연계시켜 나가야
제대로 교육이 되는 것이라 믿습니다.
그 무엇보다 그 무언가를 얻기 위해서는
기다릴 줄 알아야 한다는
〈기다림〉의 교육이 절실하게 필요하다고 봅니다.

알고 보면

어쩌다 주유소 같은 데서 주는
꽃씨 봉투를 몇 개 갖고 있었습니다.
곧 심어야지! 뿌려야지! 하다가
해를 넘기고 또 해를 넘겼습니다.
화들짝 놀라 흙에 묻었지만
싹이 올라오지 않습니다.
싹틀 수 있는 유효(?)기간이 지나서
싹이 나오지 않는 것입니다.
봉숭아씨였습니다.
봄 꽃들이 올망졸망 나와 있는 꽃가게 앞에서면
이 꽃도 심고 싶고
저 꽃도 심고 싶고 욕심이 납니다.
그러나 꽃도 어울리게 심어야지
이것저것 심는다고 다 예쁜 꽃밭이 되는 것은 아닙니다.
유치원을 꽃집 보듯 하는 사람들이 있습니다.
아유! 예뻐라~
아이들을 보면 그 어떤 꽃보다 아이들이 더 예쁩니다.
그러나 그 아이들을 잘 가르치고,
좋은 영향을 주어야 하는 유아교사는
사실 고달픈 직업입니다.
그런데 자꾸만 잘못만을 지적하는 학부모님이
우리 원에는 안 계시지만 다른 원에는 있다고 들었습니다.

아이들처럼 유치원 선생님에게도 칭찬이 보약입니다.
칭찬을 받아야 더 힘이 납니다.
선생님들만 바뀌어도 모두 최고 책임자 때문이라고,
까다롭게 굴어서 떠났다고 곡해하곤 합니다.
그래서 가슴앓이 할 때가 많습니다.
내막은 그렇지 않을 때가 대부분입니다.
건강이나 미래에 대한 방향 때문에
교사가 이직하는 경우 막을 수가 결코 없습니다.
요즘의 유아교사들은 쿨~ 합니다.
귀엽고, 매력적입니다.
우리 모두는 오해의 십자가를 지고 오직
유치원 아이들 위해 가파른 언덕을 넘을 때가 있습니다.
이제는 철 지나고, 해 지난 꽃씨 같은 존재가 되지 말고,
씨앗을 품어주고 싹 틔워주는 대지 같은
그런 존재가 서로 되었으면 합니다.
서로 이해하는 관계!
이해하려면 그의, 그녀의 아래에 서서 봐야 합니다.
영어의 "이해하다"가 "under(아래에) - stand(서다)"인 것 아
시지요?
잘못한 것보다 잘 하는 것을 칭찬해 주시면
아이들도 잘 자라고
교사들도 신이 나서 더 잘 한답니다.

알고 보면 칭찬과 이해만한 보약이 없습니다.
알고 보면 흙을 밀고 올라오는 새싹처럼
유치원 교사들도 최선을 다하고 있다는 것을
믿어주셨으면 합니다.

말이 씨가 된다

이제 잔인하도록 아름답던 4月이 가고 5月이 오고 있습니다.
5月을 노천명 시인은 계절의 여왕이라고 표현했지요.
5月은 가정의 달로 어린이날, 어버이날, 스승의날,
무언가 사랑으로 가득 찬 아름답고도 경건한 달입니다.
행사가 많아 지출도 많은 달이지요.
뜰에 해바라기, 호박, 완두콩 싹이
쏘~옥 쏘~옥 예쁘게 올라왔습니다.
씨앗을 땅에 심을 때는
과연 이 씨앗에서 푸른 싹이 나올까?
의구심을 품으며 흙에 묻었는데 그들은
무책임하지 않고 예쁘게 올라와 떡잎을 내고 있습니다.
봄에 씨를 뿌리지 않으면 가을에 거둘 것이 없다했지요?
그리고 콩 심은데 콩 나고, 팥 심은 데 팥 난다는
속담도 있지요?
우리는 한 아이 혹은 두 아이, 세 아이, 네 아이의 어머니로서
아이들 마음에 어떤 씨앗을 심고 있는지 돌아봐야 합니다.
여기서의 씨앗은 말을 의미합니다.
"이 아이는 성공할 가망이 전혀 없는 망나니야."
라고 화를 내는 아빠 앞에서
어린 프로이드를 안고 그의 엄마는 이렇게 말했습니다.
"너는 위대한 사람이 될 것을 내가 믿어." 라고……
결혼식장에서 축가로 자주 부르는 〈노래의 날개 위에〉를

작곡한 낭만파 음악의 거장 멘델스존의 어머니는
"넌 세계적인 음악가가 되기 위해서 태어났단다."
라는 말로 끊임없이 아들을 붙들었다고 하며,
찰리채플린의 어머니는
"찰리! 너는 세계를 사로잡는 대배우가 될 수 있다."
라고 끊임없이 부추겼다고 합니다.
이것저것 부모가 시키는 것에는
별로 관심이 없던 하이네에게
"그래. 네가 되고 싶은 사람이 되어라."
고 격려하며 끝까지 믿어주었던 사람은 바로,
그의 어머니였다고 합니다.
반면에 화가 난 엄마가 쏟아내는 말의 씨앗.
"너 같은 애 재수없어! 밥맛 떨어진다."
"너 같은 애는 필요없어! 그냥 나가버려!"
"너만 보면 짜증난다." 등
이런 말의 씨앗을 가슴에 심고 사는 아이들은
우울하며, 기운도 없고 희망도 없습니다.
엄마나 아빠 그리고 선생님의 짧은 말이
아이들을 크게 변화시킨다는 것을 잊지 말아야겠습니다.
말이 몸속으로 들어가
우리를 건강하게도 하고,
희망적이게도 하고,

명랑하게 하고,
에너지를 지니게 합니다.
관계형성에 말처럼 중요한 수단은 없습니다.
"저 원수 같은 자식! 너는 몇 년 후에 소년원에 가 있을게다."
이렇게 부정적 언어폭력에 시달린 아이는
분명 소년원에 가 있을 확률이 높다는 사실을
잊지 말아야 합니다.
"너를 사랑해! 네가 우리에게 태어나줘서 고마워~!"
웃음을 주고, 기쁨을 주는 말의 씨를
내 아이, 내 이웃에게 뿌려 보세요.
세상이 한결 따스하고 아름다워질 것입니다.

아이들이 있기에

우리가 선택할 수 없는 것 중에 부모가 있습니다.
부모를 잘 만나야 양지에서 살 수 있다는 것은
그 누구나 알고 있는 사실입니다.
그 다음 선생님을 잘 만나야 합니다.
자라서는 배우자를 잘 만나야 합니다.
이 삼대 만남이 잘 되었을 때
그는 아름다운 인생을 살 수 있지만……
부모는 잘 만났는데 선생님의 품성이 나쁠 때,
배우자와 인생관이나 가치관이 다를 때,
그는 굴곡 많은, 비 내리는 인생을 살아야 합니다.
서양 아이들은 부모를 significant other
(개인의 행동, 자존심에 큰 영향을 갖는 사람)라고 한답니다.
아이들은 우리에게 하나님이 맡기신 선물입니다.
아이들은 함부로 다루거나 자기 소유물로 여겨
자기의 한(恨)을 풀어줄 대상으로 여긴다면
그 아이는 행복하게 자라 날 수 없습니다.
삶이란 그 누구에게나 〈늘 푸른 하늘〉일 수 없고,
가끔은 비 내리고, 눈 내리고, 안개 끼는 날씨 같아서
주저앉고 싶을 때가 있지만
그래도 아이들이 있기에 다시 힘을 내어 살아가게 됩니다.
아이들이 있기에 우리는 새 힘을 얻고,
새 꿈을 꿀 수 있으니 아이들이 가장 큰 선물입니다.

물론 우리의 부모에게도 사랑을 바쳐야 하지만……
아이들을 위해서 항상
〈모본〉이 되는 사랑을 바쳐야겠습니다.
우리 인간이 입술에 올릴 수 있는 가장 아름다운 단어는
〈어머니〉이고, 어머니는 모든 것입니다.
슬플 때 위로가 되어주고
절망했을 때 희망이 되어주며
약할 때 힘이 되어주는
어머니……우리는 어떤 어머니를 가졌으며,
나는 어떤 어머니로 기억될까요?

만병통치약—사랑

아이들은
두 팔로 하트 모양을 만들며 사랑합니다!라고 인사합니다.
사랑이 넘치는 곳이 유치원입니다.
아이들은 사랑을 먹고 크는 나무입니다.
그런데 애정결핍이 있을 때 아프다고 호소합니다.
동생을 사랑하면서도 동생에게 사랑이 쏠리는 듯하면
아프다고 호소합니다. 실제로 아프기도 합니다.
어른들도 사랑이 부족하면 신체적인 통증을 호소합니다.
어떤 사람이든 애정결핍이 있으면 우울감이 오고
이 병원 저 병원 순례하고 다니며 아픔을 호소하지만
병명(病名)은 나오지 않습니다.
남편의 사랑이 부족할 때
아내들은 먹는 것으로 외로움을 해소하려 하기에
체중만 늘고, 의욕은 떨어진다고 합니다.
아내의 관심이 적으면 남편들은 일할 의욕이 떨어집니다.
서로 서로 사랑하며 살아야 하는
인간사회에서 사랑은 만병통치약입니다.
"여보! 사랑해요. 당신이 곁에 있어 행복해요!"
"○○아! 네가 있어 엄마는 정말 행복하단다."
"너는 꼭 훌륭한 사람이 될거야~"
이런 말을 자주 들려주시고
이웃사람에게도, 유치원 선생님에게도 그 누구에게도

고마워요!라는 말을 많이 하면
좋은 일이 더 자주 생기리라 믿습니다.
비난보다 칭찬으로 키운 자녀가
꼭 필요한 사람이 되리라 믿으시지요?
많고 많은 약이 있지만
그 중에 제일은 만병통치약 〈사랑〉입니다.

아! 모성애(母性愛)

요즘은 신문 보기가, TV 보기가 두렵습니다.
"사랑하는 나의 보배야~ 만약 네가 살아남으면 꼭 기억해다
오. 내가 널 사랑했다고……."

중국 베이촨의 무너진 집에서
생존자 구조작업을 벌이던 구조대원들은
포대기를 품에 안고 엎드려 있는
여성의 시신을 발견했다고 합니다.
죽은 엄마의 품에 안겨 있던 젖먹이는 숨을 쉬고 있었고,
휴대전화 화면에는 이 메시지가 떠 있더라는 얘기……
어떤 젊은 여성이 윗옷을 벗어
머리 위로 흙이 흘러내리지 않도록 덮고 고개를 푹 숙인 채
생후 100일가량 된 딸 아이를 안고 숨져 있었는데
아이는 불그스레한 얼굴로
죽은 엄마의 젖꼭지를 물고 있었다는 얘기……
젖먹이 엄마는 자기가 죽더라도
얼마 동안은 아이가 젖을 먹고
버틸 수 있을 것이라고 믿었던 것 같다는
신문기사를 보며
눈물이 흐르지 않는 엄마가 어디 있겠습니까?
그리고 또 어느 부부는
얼굴을 마주보고 서로의 어깨에 손을 올려

두 사람 사이에 생명의 공간을 만들고
머리 위로 덮쳐오는 시멘트 더미를 막아내
세 살배기 딸의 목숨을 건져냈다니!
"엄마"라는 이름은 "부모"라는 이름은……
얼마나 숭고한 단어입니까?
우리가 어찌해 볼 수 없는 일을 겪을 때에도
하나님! 엄마! 이렇게 부르며 호소하지요.
아무리 우리 삶이 각박하여도, 긴박하여도
〈어머니〉가 있는 한 우리는
삶을 향기 나는 영토로 바꿀 수 있지 않을런지……
모성애만큼 강한 사랑은 없습니다.
우리가 엄마라는 이름을 갖고 있는 이상
우리는 엄마로서의 소임에 게을러서는 안 되겠습니다.
우리의 지친 몸과 마음을 치료하는 가정에
혹여 균열이 가는 일이 있더라도 아이들을 위해서
참고 견디는 모성애가 있어야 하지 않을까요?
아! 모성애……

그 사랑이 우리를 지탱하는 원초적인 힘입니다.

무서운 것들에 대하여

요즘 사람들은 병(病)에 대한 상식이 풍부해서
어느 땐 의사도 모르는 의학용어를 쓰고,
이 병원은 어떻고, 저 의사는 어떻고……
정보의 홍수시대에 살고 있는 이 시대에
막막할 때가 간혹 있습니다.
그 많은 정보를 다 받아드릴 수도 없고
쓰레기 같은 내다 버려야 하는 정보도 많기에……
옛날에는 〈마을 어른〉이 움직이는 도서관 같아서
지혜를, 지식을 전수시켜 주었습니다.
지금은 인터넷만 할 줄 알면 모든 것을 알려줍니다.
신문도 인터넷으로 보고, 물건도 사고팝니다.
나는 그런 인터넷을 거의 하지 않습니다.
책 속에서 얻는 정보를 더 신뢰합니다.
나이 드신 분이 일러주는 지혜를 더 잘 받아들입니다.
매일 매일 두 가지 신문을 꼭 읽습니다.
어떤 여인의 이야기입니다.
자기는 가게 앞이나 어딘가에 여자들 서넛이 앉아
낮술을 마시며 이러쿵저러쿵 하는 모습을 보면
그 앞을 지나가기가 두렵다고 했습니다.
거의가 다른 여자가 안주 삼아 화제에 올려지고,
시댁 어른 험담에
자기 아이들이 다니는 학교 선생님 이야기인데…

좋은 얘기는 없고 그저 못됐다는 얘기라는 것입니다.
아무개 선생은 이래서 나쁘고, 시누이는 이래서 못됐고, 못됐
고……
그럼 자기들은 어떤 모습의 여인일까요?
아이들 학교 보내놓고 할 일은 없고, 거리에 앉아
정말 열심히, 바쁘게 사는 사람들을 매도하고 있는 정경이
딱하기도 하고, 분노도 느껴진다고 했습니다.
왜 저들에게 일하고 봉사할 기회를 줄 수 없을까요?
생각도 들고 아무 죄 없이 한가해서 힘든 사람들의
혀끝에서 못된 여자가 되기도 하고,
인상 차가운 여자가 되기도 하고,
앓아 본 적이 없는 병, 그것도 가장 위험한
병을 앓는 여자가 되는 그런 정경.
옛말에 여자 셋이 모이면 접시가 깨진다고 했습니다.
간사할 간 한자도 계집녀가 세 개입니다. ‘姦’
여자들은 말로 스트레스를 푼다고 합니다.
그래서 자기 스트레스가 풀리고, 건강한 가정을 꾸려가고,
멋진 직장 분위기를 조성할 수 있다면 바람직하지만……
어떤 여인의 말대로
하지 않아도 좋은 말,
해서는 안 될 말들을
더 잘 퍼뜨리고 다니는 여자들이 있습니다.

자기 아이를 맡은 학교선생님 욕을 하면
아이는 그 선생님을 우습게 보고 말을 듣지 않아
훗날에는 부모 속을 몹시 썩이는 문제아가 될 수 있습니다.
일본에서 있었던 일입니다.

아버지가 교육청에 고위간부인 아이가 선생님에게 무례하게
대들고, 말을 잘 듣지 않았다고 합니다. 교육청 고위간부인 아
버지는 어느 날 자기 아들의 선생님을 집으로 초대했습니다.

오만방자한 아들은 자기 선생님이 집으로 들어와도 인사조차
하지 않았습니다. 그때 놀라운 광경이 벌어졌습니다.

자기 아버지가 그 우습게 보이던 선생님을 맞이해 큰 절을 올
리는 것이었습니다. 넙죽 엎드려

"선생님 어서 오십시오. 찾아주셔서 참 감사합니다."

머리를 조아리며 이렇게 인사를 하는 모습을 보고 아이는 놀
랐습니다.

다들 자기 아버지 앞에서 꼼짝을 못했는데 이제는 자기 선생
님 앞에서 아버지가 고개를 못 들고 조아리고 있는 것이 놀라
웠습니다.

'아! 우리 서생님이 우리 아버지보다 더 훌륭한가 보다.'

그날 이후 그 아이는 선생님의 가르침을 잘 따랐고

훌륭한 사람으로 성장했다는 설화입니다.

아이들 교육은 엄마에게 달려 있습니다.

아이들을 본디있게 키우느냐,

싹 수 없는 아이로 돌보고 있느냐,
그것은 모두 부모 책임입니다.
그러고도 툭하면 학교로 달려가
선생님 머리채를 잡고 무릎 꿇고 빌게 하고……
그런 부모가 어느 날 자기 자식한테
학대당하는 날이 오지 않는다고 그 누가 장담할 것입니까?
아이들은 부모를 보고 학습합니다.
유아학교나 학원, 초등학교에서
아이들을 본디있게 아름답게 바로 잡아주려고 해도
부모들이 함부로 살고, 함부로 말하고,
함부로 행동하는데 그 교육이 잘될까요?
아버지라는 이름을 가진 사람이 아이들을 버리고
다른 여인에게 가서 아이들에게 상처를 주고
어머니라는 이름을 가진 사람이 예의 바르지 않고
낮술 먹고 비틀거리며 산다면, 그 아이들이라면
세상 살아갈 지혜를 어디서 터득할 것인지요……
세상에 무서운 것들이 있지만 제일 무서운 것은
무책임한 부모, 무책임한 교사, 무책임한 마을입니다.
한 아이를 키우는 데는
마을 전체의 어른이 필요하다고 했습니다.
그런데도 아이들이 욕하고, 싸우고,
나쁜 길로 빠지는데도 수수방관하는 마을이라면

그 마을은 무서운 동네가 됩니다.
의식 있는 엄마는 그런 동네를 떠나
아이 키우기에 바람직한 동네로 이사합니다.
맹모삼천지교라는 말은 지금도 살아 있습니다.
좋은 동네에 가면
아이들도, 어른도 우선 인사성이 밝습니다. 친절합니다.
부모는 함부로 막 살면서
자식들은 품위 있고, 아름답게 자라길 바란다면
그것은 참으로 헛된 꿈일 뿐입니다.
세상에 공짜는 없습니다.
뿌린대로 거둡니다. 인과응보입니다.
시간이 많다면 마을 쓰레기라도 줍고,
장애인을 위한 봉사라도 가고,
바쁜 사람들 돕고,
땀 흘리며 시간을 엮어가야 아이들이 봅니다.
부모는 자식의 거울입니다. 〈모본〉입니다.
물론 학교 교사가 다 올 곧고, 정도를 가고,
훌륭한 것은 아님을 모두 압니다.
그러나 교사를 아이들 보는데서
흉보고, 심지어 쫓아가 때리고 한다면
교사라는 직업은 이제 무서운 직업이 되어버릴 것입니다.
"선생님 그림자도 밟지 않는다."

"선생님 x은 개도 먹지 않는다."
이런 옛말이 있습니다.
부모 노릇을 잘 하면 선생님들도 아이들 가르치는데
소홀함이 없을 것이라며 어떤 여인은 한숨을 푹 쉬었습니다.
언젠가 자기는 식단을 잘 짜서 먹어야 한다고 했더니
그 마을에 당뇨병 환자라고 소문이 돌더라면서
무슨 말도 하기가 이제는 무섭다고 했습니다.
억측이 낳은 섣부른 정보가
한 여인을 환자로 만든 것입니다.
나도 이 시대에 제일 무서운 것은
익명으로 악성 댓글을 올리는 것과
함부로 막사는 사람입니다.
병도 무섭지만 함부로 추측하고
말하는 xx카더라 통신이 제일 무섭습니다.
오싹 소름이 돋도록 무섭습니다.
엉뚱한 소문에 시달려 본 경험이 있기에
헛소문도 무섭습니다.
무책임한 직장인도 무섭습니다.
버릇없는 젊은이가 무섭습니다.
가정교육을 제대로 받지 못한 사람이 무섭습니다.
자기만 옳다는 이기주의자가
조직은 생각도 않는 철부지 개인주의자가 무섭습니다.

그 중 제일 무서운 것은
도도하게 흘러가는 세월, 세월입니다.
세월은 소문처럼 잡을 수가 없기에…….

노래하는 아이들

유치원에는 새들이 날아와 물을 마시고, 날아갑니다.
저녁이면 이름 모를 새들이
청아한 목소리로 노래합니다.
새들이 노래할 때, 꽃들이 귀 기울여 듣습니다.
혼자 있을 때는 책을 읽고,
둘이 있을 때는 토론을 하고,
셋이 모이면 합창한다는 선진국의 얘기를 들으면
우리나라 사람들도 가무(노래와 춤)를 즐기는 민족인데
아이들이 동요를 잘 부르지 않는다는 생각을 합니다.
동요를 잊어 가고 있다나요?
동요를 자주 부르면 시적인 말도 구사할 수 있고,
폐활량도 늘어나고, 성격도 밝아집니다.
동요를 부르면 우리 어른들도 동심으로 돌아갑니다.
동요마다 색깔이 들어있고 철학이 들어 있습니다.
어린이 날이라고 해서 선물을 고르느라
요즘 어른들은 야단입니다.
저희들도 고민 많이 하다가
"동요모음집"을 선물하기로 결정했습니다.
동요를 자주 부르며 크는 꿈나무
아름다운 어른이 됩니다.

평생교육시대

동사무소에서도 대학의 평생교육원, 사회교육원 못지않게
다채로운 교육프로그램이 진행됩니다.
마음만 먹으면 댄스, 노래, 컴퓨터, 구연동화, 그림 등
그 무엇이든 배울 수 있습니다.
수업료는 커피 몇 잔 값입니다.
그런 지역사회 교육을 20년 전
나고야에 가서 보고 한없이 부러워한 기억이 있습니다.
공부는 평생해야 합니다. 죽는 날까지……
60대에도 대학에 가
학문을 전공하는 사람도 있고,
부지런히 동화구연을 배워서 유치원에 가
작은 수고료라도 받고 아이들에게
동화를 들려주는 할머니도 있습니다.
공부할 곳은 도처에 있습니다.
그런데도 불구하고 시간을 어떻게 써야 할지
막막한 사람이 있다니 믿기지 않습니다.
시간도 잘 요리해야 합니다.
그저 흘러가면 어디에서 삶의 닻을 내릴 것입니까?
공부하면서, 일도 하면서,
재테크도 하면서 살다 보면 늙어 후회가 없지만
허송세월 하면, 그것도 남을 헐뜯으며 살아가는
세월이 쌓이면 후회만 쌓일 것이 뻔합니다.

툭하면 인터넷에 올리고
속으로 고소해하는 여성들에게
훗날 엄마에 대한 악평을 인터넷에 올리고
고소해하는 자식이 나타날 수 있습니다.
한번 더 생각하고 생각해서 너그러운 마음으로
이해하는 마음공부도 평생교육시대에 꼭 필요합니다,
사실 마음공부가 더 시급하겠습니다.
아름다운 동네를 만들기 위하여
모여 토론하는 여성들이 많아진다면…
그 동네 집값도, 땅값도 상승하지 않을까요!

이런 옛말이 있다

"검은 머리 짐승을 거두지 말라."
이런 옛말이 있다고 합니다.
검은 강아지나 검은 고양이를 애기하는 것이 아니라
사람을 가리키는 말이라고 합니다.
사람은 은혜를 잘 잊는 종속이라는 옛말이랍니다.
사정이 딱해서 은혜를 베풀었던 사람에게
꼭 배신을 한다는 말입니다.
은혜는 돌에 새기고 섭섭함은 못에 새기라 했는데……
사람들은 자기에게 은혜를 베풀었던 사람을 오히려
헐뜯고 다니고 해를 끼치는 경우가 많다고 들었습니다.
어찌 그럴 수 있는가요?
우리는 은혜를 입으면 그 은혜를 갚으려 노력합니다.
그것도 이자를 붙여서……
그런데 사람 중에는 자기가
입은 은혜를 원수로 갚는다니 놀랍습니다.
참으로 기가 막힙니다.
그 마음을 이해할 길이 없습니다.
이 세상에서 착하게 살려면
그 착함을 지키는 독함도 있어야 하는가요?
그렇지 않으면 착한 사람, 베풀기만 하는 사람을
쉽게 보는 부류가 있는가 봅니다.
자기는 떳떳하지 않으면서 상대의 트집을 잡아

자기의 죄책감을 탕감 받으려는 야비한 사람도 있습니다.
아내에게 자기가 외도한 것을 용서 받아야 함에도
사사건건 트집 잡아 물고 늘어지는 악질 남편도 있습니다.
사람을 참 많이 사랑하던 나도 이제는
점점 옛말에 고개를 끄덕일 때가 있습니다.
옛말이 하나도 그르지 않다면서……
세월의 레슨을 받았습니다.
떳떳하지 않으면 미안한 상대에게 미안하다고 말하고
용서받을 일 있으면 용서해달라고 하고,
사랑하면 사랑한다 말하고…
왜 그런 말들에는 어색한가요?
"고맙습니다. 미안합니다. 안녕하세요?"
이 세 마디만 잘해도 성공할 수 있습니다.

아빠라는 이름으로…

아플 때나 몹시 힘이 들 때
엄마를 부르는 사람도 있고,
아빠를 부르는 사람도 있습니다.
나는 어릴 적부터
그 누구를 불러 의지 하려 하지 않은 듯합니다.
자라서 어른이 되어서도
입가에 맴도는 이름이 없었고
중년이 되어서는 기가 막힌 일을 겪을 때,
그럴 때 하나님 아버지를 불렀습니다.
하나님, 아버지!
저를 보호하여 주소서.
사람에게 기대할 것이 별로였다고 체념한 것일까요?
책도 종교서적을 많이 읽습니다.
어떤 아버지는 아들에게 이렇게 말했다고 합니다.
그 누군가 너에게 할 수 없다고 하면
너는 그 말을 믿지 말아라.
아빠가 그 일을 할 수 없다고 해도 믿지 말아라.
노숙자 생활을 하면서 아버지가 심어준
그 말을 새기며 월가에 진입.
증권가에서 큰 부자가 된 사람의 이야기라고
한 L 목사님의 설교내용입니다.

어머니의 기도가

자녀들을 아름다운 사람으로 살아가게 한다면

아빠의 말 한마디가 가슴에서 살아,

평생 살아서 그 말대로 살게 되는 아들이 많다는 것입니다.

아들이 택한 길이 못마땅하다고

냉소적인 태도로 대하는 아버지.

끝까지 아들을 믿어주며 격려해 주는 아버지!

어떤 아버지의 아들이 성공적인 삶을 살게 될 것인가.

아들딸이 잘되라고 빌어주지 않는 아빠가 있을까요?

아무리 부도덕한 삶을 산 아버지라도

자식의 행복은 찾아주려 할 것입니다.

아이가 있다고 다 아빠 자격이 있는 것은 아닙니다.

세상에는 훌륭한 아버지와

그렇지 못한 남자일 뿐인 남자가 있을 뿐입니다.

아빠로서 의무를 다하지 않는

남성은 경멸당해도 쌉니다.